ショッピン・イン・アオモリ

能町みね子

口に出したいこの標語。この人誰だべ、口うまい △

ねぶたの夜。国道沿い ▽

△ 北防波堤から見る三角形のアスパム
▽ 青森の快適な８月の温度

ほやをさばくにゃ包丁いらぬ、キッチンばさみがあれば良い △

スーパートーエーの宝物庫 ▽

△ ジュノハートのこけし。と、それを守る力士たち
▽ 魅惑の印材、出自は謎

目次

装幀・ブックデザイン　黒丸健一

イラスト・写真　能町みね子

プロローグ　２０２１年、夏

今年の夏から、まるで単身赴任のように青森に住んでいる。東京に同居人がいるのに、その人はほったらかして（というか本人も来たがらないので）、猫を連れ、7月の下旬にこちらにやってきた。

最高だった、最高の夏だった。青森の人はこれでも暑いと言うけれど、体温を上回るような気温をバシバシ記録する東京の地獄の業火のような夏に比べたら爽快きわまりなかった。私は暑いのが本当に嫌いだよ。

そして、冬には東京に帰る。調子のいい二重生活である。何バカこいてんだ、冬を乗り切ってこそ青森だろう。すみません。でも信じて。暑いのは嫌いだけど、寒いのはそんなに嫌いじゃないんですよ。雪だって嫌いじゃないです。

ただ、猫がいるもんですから、一旦《いったん》猫を東京の行きつけの獣医さんのとこに見せにいかなきゃいけないんです。愛する猫をあんまり何度も新幹線移動させたくないもんで、もうそろそろ猫の移動とともに私も帰り、冬は向こうで猫と暮らすっていうだけの話です。寒さも雪も好きだから！　本当だよ！

ともあれ、私は以前から夏も冬も含めて定期的に青森に来ていて、青森が気に入りすぎて住むまでに至ったわけだが、その話をすると、青森人も非青森人も「どこがいいの？」と言う。そのたび私は、気候も好きだし景色も好きだし、言葉もごはんも好きだし、人もいいし……などと、決して嘘《うそ》ではないことを言う。好きな部分は、たくさんある。

ただ、何を並べてもどうもしっくりこない。大好きなのはまちがいないのだが、何がどう、と言われると、人を納得させるだけの説明がなかなかできない。

しかし、青森に頻繁に来るようになった理由には、決定的なものが一つある。

猫の新幹線移動はつらい
（猫も、飼い主も）

怖がってらんらんと起きてる

あのね、私が東京でちょっとお気に入りの服を着ているとするでしょう。すると、友達が「それいいね、どこで買ったの」とか聞いてくることもあるわけだ。そんなとき、私はサラッと「青森で……」と答えるのである。「あお……もり？」と、なる。

東京の青山ではない。青森である。

私は、定期的に青森に、間違いなく買いものをしに来ているのである。

（2021年10月28日付）

買ったもの──01

ざっくりした真っ赤なニット

十年ほど前のある日、私は東京・新宿で、なんとなく服でも買いたくて、何か欲しいものないかなぁと駅近くのデパートをぶらついていた。なにせ新宿である。お店は無数にあるし、暇に任せて一時間も歩けば欲しいものだらけでお財布とご相談、となるのが日常である。

しかし、そのときは何時間歩いても欲しい服が全くなかった。

ショックだった。花の大都会新宿なのに！　もしかして、私は世間の流行と全く噛《か》み合わなくなったの？

妙に落ち込んでしまった。もう服を買う楽しみはないのか、とまで思った。

そのしばらく後、青森旅行中に、私はふと「服を見に行ってみるか」と思った。

というのも、私が好きな服のブランドを扱う店が青森に一軒だけあるのをネットで知って、気になっていたのである。立ち上げられて間もない、かなり限られたお店にしか置いていない珍しいブランドなので、青森でこれを扱うってどんな店？　と思って、メモしておいたのだ。

お店に行ってみたら、まあ、次から次へと欲しいものだらけ。店内はさほど大きくないのに、すぐにお財布とご相談、という状態に。

私は興奮して思わずお店のお兄さんに話しかけた。

「私、こないだ新宿で買い物してて絶望したんですよ、欲しいものがなくなっちゃったって。でもここ、すごいですね……」と。

そしたら、普通は「そっスかね？」みたいな無難な受け流し方をするところ、お兄さんは「そうなんスよ！　今シーズン全っ然、いいもんないんスよ！」としっかりした津

青森で買った服の一例

イラストでは
服や生地の良さが伝わらないな…

軽訛りで同意してくれたのである。驚いたよ。

私なんてね、ファッションに疎いし、語れることなんか何もないんです。でもその時は、彼と服や流行についてつい語ってしまったんだ。いやあ、東京では味わえないことでした。服屋でお店の人と心通じて打ち解けるなんて、青森で生まれて初めて味わったんでねか。

私はその後、もしかしてこんなショップが全国にあるの？　と思い、本当は一見のお店に入るのって苦手なのに、あの感覚を求めて旅行のついでに各地の服屋に入ってみた。仙台、金沢、広島、熊本。でも、ないの。青森のお店のあの感じは。

私が青森に定期的に来るようになった決定的な理由、元はと言えばこのお店に来るためなのよ。お店の名前は言わないよ。古川界隈《かいわい》、こういう出会いがあるからね。


（2021年11月11日付）

買ったもの――02

ホタテ

ホタテにハマりました。

ハマるという今どきの言葉って、食べものについては「新しいものを食べて、すごく大好きになる」というような意味で使いますが、私の場合はそれとはちょっと違います。「趣味」としてホタテにハマった、というのが正しそうです。

もちろんとてもおいしいから食べものとして好きなんだけど、それは昔からのことです。青森に来てからの「ハマった」は、趣味としか言いようがありません。平内の人に、ホタテを「ほやく」という濃いめの津軽弁も教えてもらいました。ホタテを買って、ほやいて、食べる……という一連の作業が楽しくなってしまいました。

もとはと言えば、青森市の西バイパスにある巨大スーパーのせいなんです。新幹線からも見える巨大すぎる看板に惹かれてそこに寄ってみたとき、鮮魚売り場に、いかにも採りたてという感じの殻つきホタテが大量に、氷水の中にガシャガシャ雑に浸かっていたのです。殻には藻屑《もくず》とか網の切れ端とかゴミのようなものがひっついていて、はっきりいって汚い。しかし最高にワイルドだ。もちろん生きている。

殻つきホタテの何が珍しいのか……と青森県民には思われそうですが、やっぱりね、都内のごくふつうのスーパーだと、ホタテなんて冷凍かボイルばっかりなんですよ。料理が苦手でついにはまったく台所に立たなくなり、東京ですっかり外食ばかりになってしまった私からすると、ものすごく遠い存在だったんです。たまに外でお刺身で食べる貝柱だって、たいがいべっちょりしていて、生きてるって感じがしない。

だから、青森のごく一般的なスーパーに、藻屑にまみれて生きてるワイルドな食材がある……というギャップに、私は一気に惹かれてしまったのです。

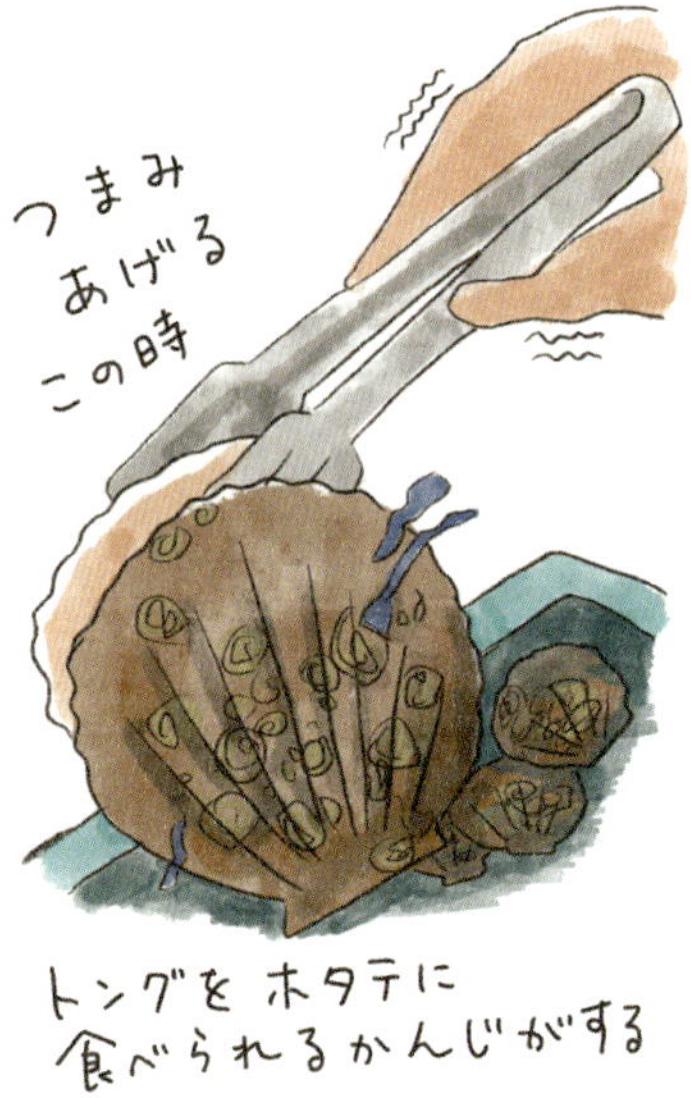
つまみ
あげる
この時
トングを ホタテに
食べられるかんじがする

これは、トングでつまんで、ビニール袋に入れればいいのか。私はドキドキしながら、青い網のカスがついたホタテを3つほどガシャガシャとビニールに入れた。しめて294円。

おいおい、買っちゃったよ。調理の仕方、わからんよ。

私はYouTubeで「ホタテのむき方」を検索し、それを見ながらおそるおそるホタテの貝殻に包丁を差し入れ、貝柱をごちゃごちゃにしながらもどうにかお刺身にありついた。おいしい。楽しい。しかし、もう少しうまいことむきたい。

私のホタテ欲は止まらなくなった。

（2021年11月25日付）

買ったもの――③ ホタテムキ

夏のあいだ、私は来る日も来る日もホタテを買ってきて、ほやきにほやきました。ごめんねーと言いながら貝殻のあいだにホタテムキをガシガシ差し込むと、参りました……という感じでホタテがパカァ〜。この光景を何度繰り返したことか。ありがとう、ホタテたち。

ところで、今さりげなく「ホタテムキ」と書きましたが、そうです、買ったんですホタテムキを。最初、私は包丁やスプーンを貝殻のあいだに乱暴に差し込んでほやいていましたが、これではせっかくのぶ厚い身が汚くなってしまいます。

ホタテをほやくためにはもっと適切な道具があると聞いて、私はすぐ青森市新町のリケン洋食器店に走ったのでした。

便利グッズはすぐに見つかりました。スプーンのような形でまったく凹凸がない、ヘラのようなもの。

買って持ち帰り、改めて商品についているシールを見てみると、これの正式名称は「WTステンホタテムキ小18・5cm」らしい。「WT」の意味は分からない。「ステン」はステンレスかな。

驚いたのは「小」です。つまりこれ、「大」もあるのか！

調べてみたところ、これを作っているのは新潟県燕市（食器の街！）の「エムテートリマツ」という会社。カタログを確かめると、本当に「大」がありました。長さが22・5センチもあります。それだけの長さがないと身まで届かないほどの、巨大な貝殻を持つホタテとは。想像が膨らむ。

私が購入したステンホタテムキ小には、柄の部分に「ホタテ☆ムキ」と書いてありま

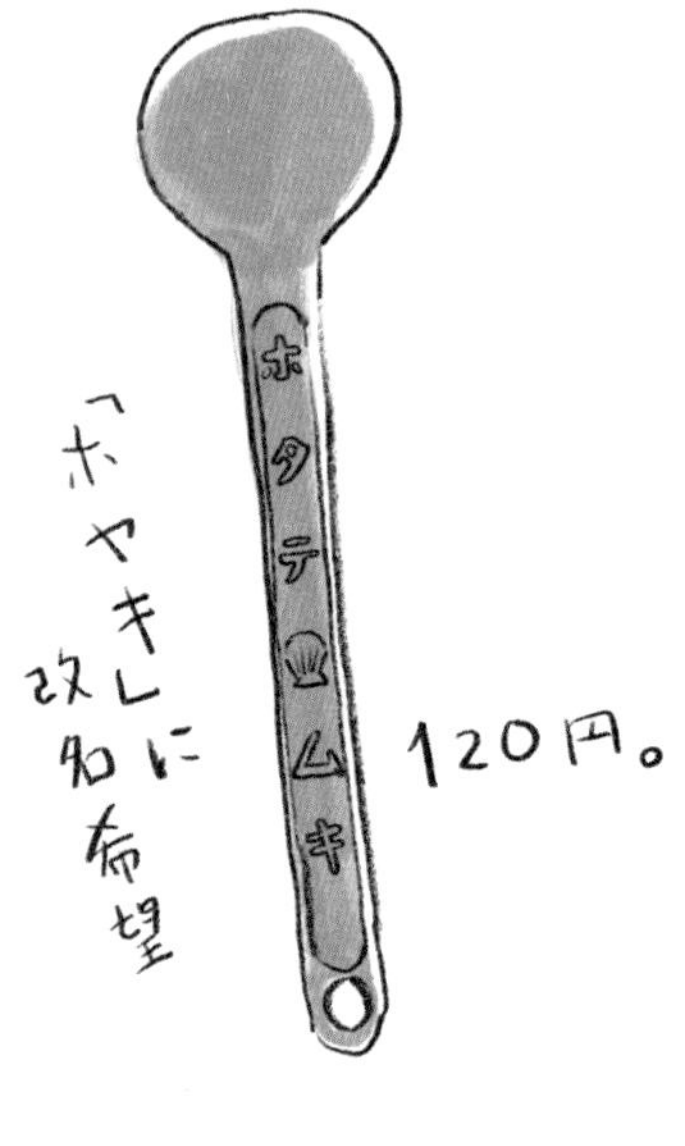
ホタテムキ
「ホヤキ」に改名希望
120円。

す。☆の部分には、実際にはホタテの貝殻マークがついています。なんてかわいいんでしょう。この文字には、ただのヘラじゃないぞ、私はホタテをむくために生まれているんだ、という強い意志が見えます。

ん？　ホタテを、むく？

私は平内の人から、ホタテは「ほやく」ものだと教えてもらったのだが。

この「ほやく」という言葉、ほかの津軽人に聞いてみてもほとんどの人が知らないという。「ほやく」は絶滅危惧種の言葉かもしれない。私は全然津軽弁を操れないくせに「ほやく」という言葉だけは調子に乗ってよく使っています。この道具も、青森で売るときだけは「ホヤキ」という名前にしてくれませんでしょうか。エムテートリマツさん、ご検討ください。

いや、「ホヤキ」だと、ホヤをさばく道具かのようでややこしいですかね。判断保留。

（2021年12月9日付）

買ったもの――04

自転車

自転車を買いました。

引越しの翌日という慌ただしい時期に、すごい勢いで買いに行きました。夏のあいだ青森に住むにあたって、絶対に必要なものですもん。

なにせ私は車が運転できない。青森市内の鉄道もバスもとても便利とはいえないし、青森での日常生活の移動手段が「徒歩のみ」はいくらなんでも無茶です。

青森市の新町通りを歩いたときに私、気づいたんですよ。ここ、自転車レーンがあるのね。歩道がペンキで区切ってあるだけではなく、車道と歩道の間にしっかり仕切られて自転車用の道が存在している。青森がこんなに自転車を優遇する街だとは。もう自転車買うしかないよね。

街なかから南下して、浪館通りを線路より向こうに進み、サイクルショップ西野という昔ながらの自転車屋さんに行きました。店内をざっと見ると、折り畳み式でカゴまでついているのがある。最高じゃん。サクッと決めてしまいました。

自転車を整備するのにちょっとかかるというので、並びにある喫茶店に入ってみました。「ティールームミラノ」。店のテントにはよく見ると「カンカン」と書かれた痕跡がある。以前の店名なのか。お店の横の窓にはステンドグラスがはめられていて、装飾がかわいらしい。

しかし、中に入るとその窓は内側からふさがれていて、太陽光がほとんど入りません。薄暗い店内にはゲーム機付きテーブルが並び、かなり年季が入っています。椅子にはクッションがセットされています。これは「家系《いえ》喫茶」だ。

「家系喫茶」とは、私が創作した言葉です。人ん家のような雰囲気の喫茶店を勝手に

跨線橋
キツいです。

そう呼んでいます。「家系」だけあって、飲みものを頼んだら桃がついてきました。ほら、やっぱり親戚の家みたいないいお店だ。

桃を食べてからサイクルショップ西野にのんびり戻り、自転車は私のものとなりました。珍しくワンピースを着ていた私は、スカートがめくれんばかりのスピードで夏の爽やかな風の中を走り、気持ちよく家に帰りました。これで私の青森生活も自由自在だ。

しかし、青森は平らな街だと思っていたのに、自転車に乗って遠出しようとすると、どこに行くにも跨線橋が立ちはだかる。何度坂を上らされ、また下りたことか。南は環状バイパスまで、西はガーラモールまで、私は顔面の血管を浮立たせながらペダルを漕《こ》いで跨線橋を越えることとなった。

来夏までに踏切作ってくれませんかねえ……。

（2021年12月23日付）

買ったもの──⑤

シャカシャカしたパンツと電池

夏、毎日自転車を軽快に漕いでいた私は、自転車にスマホを固定するものが買いたくなった。きっとそういう商品は存在すると思うんだけど、名前が分からない。

こういう道具はおそらく、漕ぎながらスマホで地図などを見るために使われる。だから、手前に画面が向くように、ハンドルあたりに固定できるよう作られていると思う。しかし、私の目的は違う。ドライブレコーダーのように、漕ぎながら見える風景を録画したいと思ったのだ。果たしてそんな目的に合うものが存在するんだろうか？

こういうなんだか分からないものは、断然、通販ではなく実際に見て買ったほうがいい。ということで、私はまた跨線橋を汗だくになって漕いで、郊外のスポーツ用品店まで行ったのだ。自転車用品だから一応「スポーツ」かな？　と思ったのだ。

「すいません、自転車用品って扱ってますか？」

「当店にはないですね〜」

汗が無駄になった。無駄にするのはいやなので、ジムで使えそうなシャカシャカしたパンツを買っといた。

もしかしたら、スマホ用品だから、電気店にあるかもしれない。私はそこからまた自転車を漕いで行った。

「あの〜、自転車にスマホを固定するような道具って、ありますかね？」

店員さんは探してくれたが、「惜しい」と思うものすらなかった。悔しいので、電池を買っといた。

ないのか。青森にはないのか。というか、世界にそんなものは存在しないのか。

こんな調子で私は、郊外のほうと駅近くで合計、スポーツ用品店×3、電気店×2、

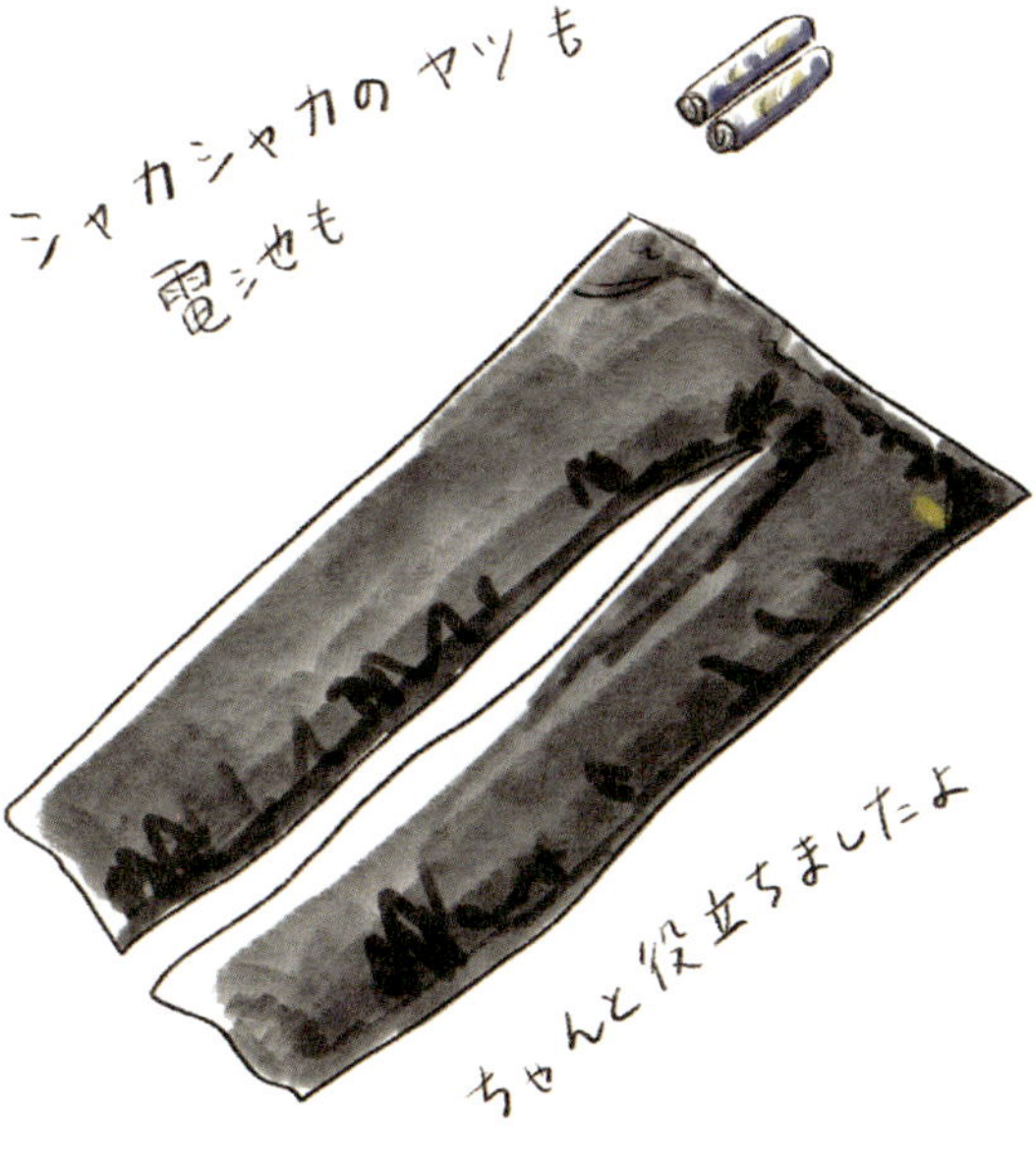
シャカシャカのヤツも
電池も
ちゃんと役立ちましたよ

なんとなくオシャレそうな雑貨店×3を回り、跨線橋×2で汗を数リットルかき、余計な買い物をし……私の求めるあの道具は、一度も見つからなかった。

もう、もう、跨線橋は渡りたくない。西バイパスのガーラモールまで行けば……とも思うけど、そこに行くには、今度は往復で跨線橋×4である。どうする!?

え、電話で在庫を聞けばいい、ですか？　こんな、名前も分からなければ商品の説明すらしづらいもの、どうやって電話口で説明すんのよ！

私は架空の問いかけに怒った！　怒りのあまり往路の跨線橋×2を越え、西バイパスのスポーツ店&電気店に行った！　結果……ナシ！

しかし！　電気店で、有益な情報を得た！

「そういうのだったら、モンベルにあるかもしれません」

アウトドア用品だったか!!　それは思いつきませんでしたよ！　この件、つづく！

（2022年1月13日付）

買ったもの――06

自転車にスマホをくっつけるアレ

サイクリング中の風景を録画するため、「自転車のハンドルにスマホをくっつける道具」を探し、市内のスポーツ用品店や電気店複数軒をヘトヘトになって探した私。ついに、そんな道具がアウトドア用品店にあるという有力な情報を得た。

私の辞書にアウトドアという文字はなかった。キャンプという文字も登山という文字もなかった。「アウトドア用品店」という種類のお店があることなんて、いや、一応知ってはいたけど、思い付きもしなかった！

即座にガーラモールのモンベルに突入。もう、いろいろと億劫《おっくう》なので、レジに直行してストレートに聞きましたよ。「すいません、自転車にスマホをくっつけるような道具ってありませんか？」

店員さんは悩むそぶりもなく売り場に案内してくれました。そして、プラスチックにゴムバンドがくっついていて、ゴムをニューンと伸ばしてパチンとスマホをはめてベルトをビシッと締めたら自転車のハンドルにズバーンとくっつくような道具を教えてくれました（文字では非常に説明しづらい道具なので、擬音でごまかしました）！

やったー！　ついに、念願の、アレ（名前は結局分からない）が手に入った！

私は興奮する心を静めるため、隣のスタバで一休みして商品のパッケージを開け、梱《こん》包《ぽう》の厚紙に書かれた説明をよく読みました。

この道具は、本来サイクリング中にスマホで地図などを見るためのものだから、私のようにスマホを外側に向けて風景を撮影することは考えられていない。そんな使い方ができるかどうか心配だったけど、どうやら、やってやれないことはない形状である。

ほっ。

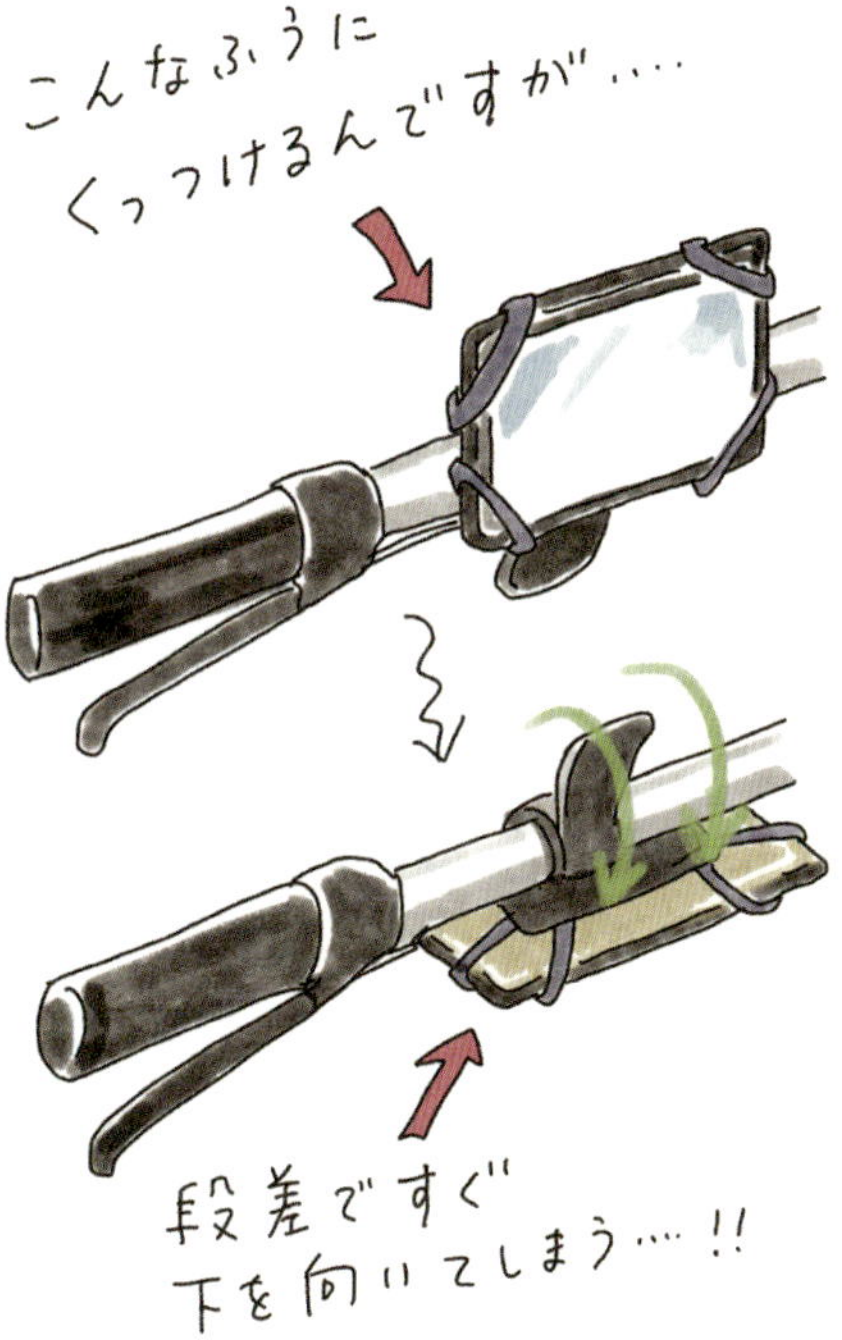
こんなふうに
くっつけるんですが‥‥
段差ですぐ
下を向いてしまう‥‥!!

私はナントカフラペチーノを飲み干して、自転車に早速セッティング。ベルトを締めて、スマホを取り付けて。お、いい具合に録画できるじゃん！　ここから風景を録画して家までサイクリングだ！

しかし。自転車には、自動車みたいなサスペンションはついていないのであった。慣れすぎて気づかなかったけど、自転車って、歩道と車道の境目の段差を越えるたびにとんでもなく振動しているのね。

セットしたスマホは、サイクリング中にすさまじい上下動を繰り返した。激しめの段差ではこの道具がぐるんとハンドルを半周してスマホが内側を向き、そのたびに位置を直すハメになった。撮った動画は、上下左右にすさまじく揺れ動いて何が映ってるか判然としない、酔っぱらい必至の前衛映画であった。

もしいい道具があったら教えてください。

（2022年1月27日付）

買ったもの——⑰ コンタクトレンズ

ド近眼だからこそ、あまりメガネをかけたくない。あまりに度が強いと、メガネをかけたときに容貌が変わってしまうので、私は意地でもコンタクトレンズ派でいたいのだ。

しかし、青森で過ごす夏の間、目の調子がずっと悪い。

夕方を過ぎるとコンタクトのいずさ（青森県内でも通じるところと通じないところがある表現らしいが、宮城県南を祖とする実家では使う言葉です。分かるよね？）が増して、目やにが出てくるようになってきた。そろそろコンタクトも買い換え時かな。

そして、ふと思った。

「コンタクトレンズを買う」という行為は、なんだかすごく、「そこに住んでる」という感じがしませんか⁉

私は、あまり旅先で買わないような物を旅先で買うことがある。例えば服とか、時にはスーパーに寄って果物を買ったりとか。しかし「コンタクトレンズ」というものは、まず旅先で買うことはないんじゃないでしょうか。

メガネなら、もしかしたら、ちょっとオシャレなものを見つけたら旅先でも買うかもしれない。しかし、コンタクトレンズは！　これって、「旅先で買わない」の極み、すなわち、「住んでるところで買う」ものの極み、かもしれない！

「住んでいるという証明の極み」だと思うと、コンタクトレンズを買うことにもテンションが上がってきます。こんな気持ちはきっと初めてコンタクトを買った中学生の時以来。私は高鳴る胸を押さえ、といってもコンタクトレンズを買う際に特段にお店を吟味することもないので、青森市内にある、全国展開しているごくふつうのコンタクトレンズ店に入りました。

レンズ作ったお店、
お部屋の札のデザインが

妙にかわいかったです。

レトロフューチャー
な感じ

目の調子の悪さを告げて、今まで使ってたレンズの説明をして（私はソフトがどうも体に合わず、ハード派である）、付属の眼科でちょっと見てもらって。

へええ、今はハードレンズにも「使い捨て」が登場してるんですってよ。知らなかったなあ。使い捨てと言っても毎日捨てるわけじゃなく、3か月に1回取り替えるんだそうで。なるほど。

私はこの地で最新商品を知り、ますます「住んでるぞ」という満足感を高めました。というわけで、私はごくふつうの使い捨て1年セットのハードレンズを購入し、洗浄液などの付属品も購入し、問題なく使っております。

もちろん、コンタクトレンズに「青森産」も何もありません。全国流通のものを、私だけが「これは、私が青森の家の近くで買ったものだぞ」と変な満足感を持ちながら毎日装用している、という、それだけの話です。

（2022年2月10日付）

買ったもの――⑧

津軽塗（唐塗）のお椀

歯ブラシとか爪切りとか、そういう日常の品に「青森らしさ」なんてなかなかないと思うんですけど、食器となるとどうですか。私、食器については青森らしさをビシッと決めるべきだと思うんですよ。

つまり、津軽塗の話です。せっかく青森に住みはじめたんだから、津軽塗を日常使いしたいじゃないですか。ま、それなりのお値段がすることも分かってますよ。だからね、なんでも津軽塗で揃えようとはいいません。お椀一つでいいんです。お味噌《みそ》汁を毎日津軽塗のお椀で飲む、それだけで、そう、私もすっかり津軽人（そうか？）。

津軽塗はそれなりのおみやげ屋さんならどこでも売っています。しかし、私は「らしいもの」は「らしいところ」で買いたいのだ。ちゃんと漆器屋さんで、それなりの数を見て品定めして買いたい。

いつも自転車で通る新町通りに、「大坂漆芸」というお店があって、前から気になっていたんです。ふらっと入ってみました。お店を入って左側にお椀《わん》が並んでいる。やはりまあ、決して安い物ではないよね。さあどうしようかな。

お店の人にもきちんと話を聞いて、私の津軽塗の知識は付け焼き刃で深まっていく。私が津軽塗として認識していた模様は津軽塗の中でも唐塗《からぬり》と呼ばれるもので、ほかにも七々子塗《ななこぬり》、紋紗塗《もんしゃぬり》など、いろいろな種類があるのだな。

また、唐塗でも、よく見る呂上《ろあげ》と呼ばれる色合い（地の色が黒）のほか、派手な黄色地やピンク色の地のものもある。レンジで使えると銘打った物もある。私は細かい丸印がびっしり並んだ七々子塗が気に入ったけど、これは唐塗よりさらにお高い。ここから一つだけ選んで買うとしたらそう簡単には決められないよ。困った。

こういうのが
唐塗
こういうのが
七々子塗
絵を 描くのすら面倒なのに
塗って研いで作るなんて!!

決めきれずに少しお椀たちから視線を外し、津軽塗の工程についての説明を見てみる。数十段階を経て器ができていることを知る。うへぇ。

津軽塗の重みに耐え切れず、いったんお店を出ました。今日は下見だけにしよう。

私は帰宅して、ＹｏｕＴｕｂｅで津軽塗の作り方を探し、見てみた。塗りに塗って、研ぎに研いでいる。なんて手間のかかることをやっているんだ。見れば見るほど、とりあえず初心者の私はオーソドックスなものを買うべきじゃないかという気持ちが高まる。

翌日、もう私は迷わなかった。電子レンジでは使えない、唐塗・呂上の、もっとも津軽塗らしいお椀をビシッと買った。毎日、お味噌汁に使っています。大満足しています。

しかし私は、のちに津軽塗のお店をハシゴすることになるのである。

（2022年2月24日付）

買ったもの――⑨

津軽塗（七々子塗）の箸

青森市新町通りの「大坂漆芸」さんで自分用の津軽塗のお椀を購入し、満足していた私ですが、そこから近くにもう一軒津軽塗の専門店があることを知ってしまいました。同市柳町通りの「恵比須屋」さんです。これは困ったことになりました。

別に私が困る必要はないのだが、それでも、近くに別のお店があるとなればそちらにも行ってみたいし、行ったらやっぱり買ってしまうのは必然である。愚かな人類が繰り返してきた歴史である。そして、何度も申しますとおり、津軽塗はそれなりのお値段がするのです。だからやっぱり、困ったことになりました。

と思いつつ、大阪漆芸さんから即座にハシゴして買いに行くほど私は性急ではありません。私は機会を探したのだ。いいものを買うには、タイミングというものがある。財布の紐を締めたがる自分内勢力を説得させる、「このタイミングなら買っても仕方ないだろう」という機会がある。

機会は、やってきた。というか、引き寄せた。秋、雪が降る前の紅葉の頃に、両親を青森に呼んだのである。

親孝行というほどのことではないけれど、おいしい魚を一緒に食べ、散策をし、温泉にも行って、そして、おみやげに津軽塗、というコースをプレゼント。我ながら完璧なプランです。

そう、ちょっとお高いものが買いたい、しかし自分にばかり買うのは少しばかり抵抗がある……そんなときは、人への贈り物にすればいいのだ。誰かに渡すつもりで買うなら、「そんなに贅沢ばかりして」と説教してくる自分の中の経理役を手懐けることができるし、「いいものを買うことでしか得られないあのドーパミンをくれ！」と騒ぎ立て

こんな色も
ありますす
これは
七々子塗

る自分の中のジャンキーを鎮めることもできるし、一石二鳥である。

お椀は買ったから、次に買うのは箸かな。箸ならそこまで青天井じゃないはず。私は旅の仕上げに、母を連れて恵比須屋さんに入店しました。お店の方は丁寧に説明してくれ、母も楽しげに商品を見ながらぴったりくる箸を選びます。やっぱり母も唐塗《からぬり》のものを選びました。今、喫茶店で休んでる父の分も、やっぱり唐塗かな。

気づけば私は3膳分の箸のお会計をしていた。

私の両親は2人しかいないはずなのに。

会計を終え、両親に2膳の箸を渡すと、私の手には呂上《ろあげ》の七々子塗《ななこぬり》の箸が握られていた。

あーあ、結局自分の分も買ってしまいました。そりゃしょうがないでしょう。唐塗のお椀を買った次は、少し高級な七々子塗の箸を買っちゃうのもしょうがないでしょう!

（2022年3月10日付）

買ったもの――⑩　マタタビ

青森県民にシンプルに「このあいだ横浜に行って……」と言ったら、どっちを思い浮かべるでしょうか。下北半島の横浜町のほうか、中華街があるほうか。「横浜に行った」と言うから良くないのかな。「横浜さ行った」といえば間違いなく下北半島の横浜を指すことになりますかね。

ということで、わぁ、横浜さ行ったことあるのね。

青森市に住みはじめるよりずいぶん前のこと。横浜さ行ったというか、むつ市に行く途中で通ったのだ。

友達が運転する車で国道279号を延々と北上する途中、ひと休みしたいあたりにちょうど「道の駅よこはま」が現れます。正直、トイレ休憩くらいのつもりで寄ったのだけど、おみやげや地元の物産コーナーはやっぱり見てしまいますよね。菜の花ソフト。べこ餅。いいねえ、おいしそうだね。「マタタビ百円」。ん、えっ？　マタタビ!?

マタタビといえば、猫にあげるための、粉状に加工されたものしか知らない。しかし、この百円のマタタビは小枝です。その辺に落ちてそうな何の変哲もない小枝が数本、ポリ袋に入って売られています。マタタビの名で。

ま〜、買っちゃうよね。だって、百円だもん。

こうして、その後私はマタタビの小枝を必ず持ち歩くようになりました。なぜって、猫を見つけ次第試してみたいからです。当時私はまだ猫を飼っていませんでした（今は溺愛する仔《こ》がおります）。こんな小枝で猫がどうふにゃふにゃになるのか、そんな不思議カワイイ様子を見てみたくてしょうがなかったのだ。

野良猫なんて、すぐに見つかります。私は細路地で見かけた猫にロックオンしました。

こんな感じだったと思う。

警戒モードの彼（?）としばらく見つめ合い、周囲をサッと見渡して車が来ないことを確認し、ポイッと小枝を投げてみました。

彼は最初ビクッとし、小枝をスンスン嗅ぎ、だんだんトロンとして小枝をガジガジ、頭をすりすり、夢中でガジガジ……小枝は、どんどんよだれまみれになっていく。

私は強引にその小枝を取り上げた。そして走り去った。

効き過ぎだ。かわいいというよりは、ちょっと怖い！

それ以来、出番を失いながら、私のカバンにはずっと横浜のマタタビが入りっぱなしなのです。今も。

この小枝は我が家の仔にもあげたことありません。でも、猫の体に対して害はないんですってよ！　本当に。

それにしても、なぜ横浜の道の駅にマタタビがあったのだろう。今でもあるんだろうか。特に街の特産というわけでもなさそうで、謎です。

（2022年3月24日付）

買ったもの――⑪

わさおのお店のイカかりんとう

青森に一時移住を決めるよりも前、毎年のように青森に来ていたとき、よく行っていた場所といえば鰺ヶ沢なのである。

なぜ鰺ヶ沢なのか？　ブサカワ犬のわさおに会いたいから？　平成の大相撲ブーム時の立役者である舞の海さんの故郷だから？

えーと、一応どちらも当たりです。でも、いちばん大きな理由はですね、なんてこたぁない、友達が住んでいたからです。

しかしまあ、鰺ヶ沢は本当にいいところ。思えば私は人生で初めて青森県に足を踏み入れた20年前、五能線で秋田側から入ったので、初めて歩いた街は電車の乗り継ぎの時に少し時間をつぶした鰺ケ沢だったのです。そのときは、駅前のコンビニ的なお店にふらっと入ったら小さな雑誌コーナーに当たり前のように「月刊相撲」が置いてあって、これが相撲の国か！　と感動したのでした。

鰺ケ沢は海が近いし、イカはおいしいし、山のほうに行っても景色がいいし、舞の海記念館（正式名称は「鰺ケ沢相撲館」と言うようだけど、私はこう呼んでしまっている）は充実している。存命だった頃のわさおも何度か見ていて、私は非住民のなかではけっこう鰺ケ沢を堪能してるほうだと思います。

さて、私は鰺ケ沢に来ると、今でも必ず買うものがあります。

それは「わさおのお店のイカかりんとう」である。

あのね、正直言って、名前に「わさおの」ってついている時点で、私はナメてたの。キャラクターものでしょ、と。何度目かに来たときに、わさおグッズでも買っておくか〜と思って、味には特に期待せず、軽い気持ちで手にしたんですよ。

わさお
←コレ
知的障害の方々が働く
つがる市の事業所で
作られているそうな。

食べて、びっくりした。ナメていてすみませんでした。これは青森県の銘菓として5本の指に入る傑作だと私は思っている。

板状で薄いから脂っこさを感じず、表面は蜜がかかっていないのでマットな風合いで甘すぎず、そしてイカの香ばしさがしっかりと生きている！ なんですかこれは！

こんな高貴で玄妙な味わいのお菓子が「わっさおのお店の！（ぽよ〜ん！）イカッかりんとー！（ぴよよ〜ん！）」って感じの名前で売られてるなんて！ まるで、ヨボヨボのじいさんだと思って油断していたら武術の達人だった……みたいな裏切り。青森の奥深さ、ここにあり。

ちょっと褒めすぎましたが回し者じゃござんせん。鯵ケ沢方面の方は、私に会うときあれを持ってきてくれ。書いていたら脳が欲してきたよ。

（2022年4月14日付）

△ 市街地の埠頭に、時折ビルのようなクルーズ船が現れる
▽ 冬の間放置されていた自転車。雪の重みで車輪はダリの時計になる

コラム

青森チョコレートコラム

私は勝手にいろいろな街を、「見るための街」と「住むための街」に分類しています。もちろん「見るための街」にも人はたくさん住んでいるし、「住むための街」にも見に行くべき観光スポットはたくさんあります。この分け方は私の独断ですから、異論反論はみなさまご自由にお挙げください。

さて、一例を挙げるならば、「住むための街」として同意が得られやすいのは福岡市かな。東京でバリバリ働いていた人がセミリタイアして福岡に住むという話を最近本当によく聞きます。福岡市は誰でも知ってる大都市だけど、観光名所には案外目立つものがない。街の中心地に大きな川が流れ、海もあって景色がよく、ごはんがおいしくて、街が広すぎない。全体のバランスとして、見に行くより住むほうが向いていると思うのです。

そして、同意が得られないだろうと分かっているけど、私が強く「住むための街」に挙げたいのは青森市です。

青森という街は、イメージがあるようでない街です。青森と言われて思いつく観光地は、弘前城、奥入瀬渓流、十和田湖、恐山……ほとんど青森市以外です。ねぶた祭は青森市内で派手にやっていますが、行われるのは年に数日。青森市内には、「青森と言えば」で挙げられるような観光地があんまりない。案外、「見るための街」ではないのです。

じゃあ本当に「住むための街」なのか？　雪が大変じゃないの？　とおっしゃりたい気持ちは分かります。青森市は、この規模の都市としては世界でいちばん雪が降る街だという説もあります。雪は（冬に住んでないから、想像だけど）すごく大変。

しかし、その雪のことをあえて、あえて抜きにすれば、青森市は住み心地がかなりよい、と思う。

梅雨にさほど雨が降らず、年間を通じて豪雨もめったにない。台風も地震もほとんどこない。夏はもちろん東京よりかなり涼しく、海が近いので風が入って体感的にも気持ちよい。街の規模は大きいとは言えないが、人口30万弱の都市なので生活に必要な物は十分に間に合うし、中心部には高低差が全くないので、雪さえなければ自転車でも事足りる。自然災害のすべてが雪に集約されていると言ってもいい。

なんでこんなに体験したかのように褒めるかって、夏に住んだからです。「雪を考えなければ住むのに最高なのでは？」ってことは、つまり避暑にものすごく向いているということじゃないか、と思って、今年人生初のプチ移住（避暑）に踏み切ったんです。私は暑いのが大嫌いでずっとセレブのように避暑できることを夢見ていたけど、絵に描いたような避暑地である高原＆別荘は、車を持っていない私としては不便でいやなのよ。青森はある程度大きな街だし、そこそこ涼しいし、海はすぐだし山も見えるし、新幹線で東京との往復もしやすい。なぜ避暑地として人気が出ないのか不思議です。

そして、私は断然、街なかに住みたかった。

地図を見ると、街って雄弁にしゃべっているんです。私はこういう街なんですよ！　と、いろいろなところがうるさく主張しています。私は街のスジを見て、その感覚を身体に叩き込ませるのが大好きです。

スジとは何か。単純に「道筋」「道のつくり」として捉えてもらってもいいのですが、その道の構造から生まれるベクトルと言いますか、人間で言えば筋肉のような、植物でいえば葉脈のような。どんな街にもそういう「スジ」があるのです。そのスジに沿って街を自分に沁み込ませていくと、街に受け入れられたような、あるいは街に溶け込んだような感じがして、その町を「征服」したような気分になります。ある瞬間に、私の中に街が入った！と快感が訪れます。

青森市のスジは、横に流れています。海っぺりにけっこう強めの横筋が通っていて、青森のキモはそこ。青森は陸奥湾に面した街で、陸奥湾はゆるい円弧を描いていますから、体幹の筋組織もそれにそってややカーブを描いていて、その有機的なカーブがまた生きた街という感じがして心地よい。強い筋肉が流れる部分から左下、下、右下へ、山のほうに向かって放射線状のスジも通っていますが、それらはもうだいぶ体幹からは遠い。私は青森に住むならやっぱり体幹部分以外あり得ないと思っていました。一戸建ての別荘を手に入れたわけではなく、私が住んだのは青森市内のごくふつうの古いマンションの一室です。

住みはじめてまず私は自転車を買い、ふだんはのんびり自転車をころがして、ややゆがんだ格子状の街をカクカク進み、まずは新町通りに出ます。新町通りというスジは青森市の芯の部分です。この通りにはなんと自転車用のレーンがあって、非常に快適。ここと駅前、それに古川あたりのちょっとしたお店でだいたいのことは間に合います。

……ちょっと嘘をつきました。青森の中心市街地には何とスーパーがありません。最初は少々面食らいました。新町の「ベニーマート」が老朽化で撤退してしまい、生鮮食料品を扱っているところというと、もう「さくら野百貨店」の地下くらいしかありません。由々しき事態なのです。もっとも、少し郊外まで自転車を漕いでいくととんでもなく魚が安いスーパーがあるということが分かったので、そんなに困っていないわけですが。

話を戻しまして。青森市街の東側から青森駅方向に向かい、新町通りの大事なスジに入ると、頭上がアーケードで覆われます。アーケードのゾーンに入ってすぐ、左側に喫茶店「クレオパトラ」があります。せっかくですから、ここからチョコレートづくしのコースに入っていきたいと思います。

奥には暖炉（冬は稼働）と中庭がある、とても上品でゆったりした作りのクレオパトラで、チョコシフォンケーキをいただく。こちらは食べものも飲みものも本当に丁寧な作りで、私はすっかり行きつけです。金〜日だけ作られる「パトラサンド」（毎回変わります。たまにお休みの時もアリ）は、こういう老舗の喫茶店で出るものと思えないような独創的かつ非常においしいサンドウィッチと毎度工夫を凝らした小鉢のセットで、こちらもオススメしておきます。

クレオパトラから駅方向へ信号2つ。右に入ると、2階の外壁にサイケな字体で店名がかかれた喫茶店「マロン」があります。ちょっと急な階段を上がると、緑のカーペット、壁に大量の時計が掛かった、独特ながら非常に落ちつく空間が広がります。ここでガトーショコラをいただきましょう。私は窓際の席で、なんとなく外を見ながらお昼にジャマイカンカレーを食べることもよくあります。

また自転車にまたがって駅方向へ向かいます。新町通りの駅近くの信号は、歩行者側が青になるとき「乙女の祈り」のメロディが流れます。駅から遠い信号の「乙女の祈り」は昔のテレビゲームみたいな単純な音で、駅に近くなると、なぜか同じ曲なのに演奏が豪華なものになります。いつも私は派手なメロディを聴き、街の中心部に来たなと思い、勝手に為政者のような気分で「どうだ、人通りは増えてるかな」と思いながらさくら野百貨店の前を通過します。

すると左に見えるのは「甘精堂」、非常に歴史ある和菓子屋さん。そして、甘精堂の隣（というか、建物の中でつながっている）は「シュトラウス」という洋菓子屋さんなのでした。ここは毎週、曜日がわりの限定商品を出されてまして、火曜日は濃厚なチョコがぎっしり、とってもぎっしり、密にぎっしり詰められたエクレアを販売しているのです。サイズは小ぶりでちょうどよく、非常に満足感の高い一品。いつも私はそこを通りかかるたび「今日火曜だっけ？　あ、違うか」と少しがっかりし（もちろん火曜以外もステキなお菓子があるんですよ）、火曜でも少し遅めに通ったときは、店頭にあるエクレアの看板の上に力強い朱墨で「本日は売り切れました」などと書いてあるのを認め、またちょっとがっかりするのでした。

ガムテープ (?) で必死に補修されていたプレハブ。現存せず △

ステキな装飾テント、氷壁 ▽

買ったもの──⑫

カセットコンロと鯖

私が青森市内に借りたマンションには、ＩＨ調理器しか付いていませんでした。この調理器、フライパンをちょっと斜めにするだけで、まるで地震予告アプリのように警告音がビービー鳴る。最初は本当に肝が冷えた。ベタッと接地していないとダメらしい。炒め物でフライパンを振ることすらできない。

どうせ料理しないや、と思ってこの物件に決めたけど、実際に住んだら魚料理をしたくなっちゃって、すると私はこのＩＨ調理器がすごく嫌いになってきた。ビービー鳴るたびにムカッとしてしまう。

そんなとき、料理通の浦風親方（元前頭・敷島）から、「鯖《さば》の煮食い」なる料理を教えていただいた。

あ、急に親方が出てきてびっくりされたと思いますが、なにせ私は30年来の大相撲ファンですから、そんな知り合いだっています。

で、鯖の煮食いというのは別に青森の料理というわけではない。調べてみると山陰のほうの料理らしい。ただ、私みたいに料理がそんなに得意じゃなくて魚が食べたいんだったら楽でいいよ、とのこと。出汁とるの面倒なら市販の鍋用スープでもいいんだ、と。

そりゃー助かる。

鯖とごぼうとタマネギとキャベツとショウガと適当な鍋用スープを用意。鯖を3枚におろして骨を抜き、一口サイズに切る。キャベツやタマネギも一口大に。ささがきにしてあくを抜いたゴボウをスープに入れ、ショウガの絞り汁を多めに入れる。

スープが煮えたら弱火にして鯖を入れ、煮えたら食べ、ごぼうも一緒に食べ、キャベツやタマネギもしゃぶしゃぶみたいに煮ては食べ……というものだそう。たまんないね。

カセットコンロだいすき。

これは鍋を振る必要がないからＩＨでもできるけど、私はふと、この機会にカセットコンロを買うべきでは？　って思ったんですよね。くつくつ煮込むなら火が見えたほうがムードも高まるし。どうせ炒め物もするんだから、カセットコンロを置くぞ！

私はコンロを探す旅に出た。大きなスーパーが良かろうと思って、久しぶりに自転車をたくさん漕《こ》いで線路を渡って、初めてサンロード青森に入った。知らないお店ばかりの服屋ゾーンを抜け、イオンに突入し、カセットコンロをしっかり見つけて購入。さらに別のスーパーで鯖を一尾買って、さばき、煮食いをやりきった。うんまい。

そして、やっぱりガスの火はいい。何をしてもビービー言わない。優しい。

ＩＨですか？　コンセント抜いてどかして和室に寝かせてます。上にたまに猫が乗ります。猫用の台です。コンセント入ってないので大丈夫。

（２０２２年４月28日付）

買ったもの――⑬ ジュノハートのこけし

青森に住んで、弘前や鰺ケ沢に友達が住んでいるとなると、どうしても南部地方の守りが甘くなります。

いや別に私が守らなくたって南部の町はしっかりやってんですが、私としては積極的に守りにも行きたい訳です。目的もなくぷらっと行ってみようと思って、ある日、八戸の町へ足を運びました。

車を持たない私は常に公共交通機関で移動する。ＪＲで本八戸駅まで行き、ぶらぶら歩いて中心街まで来ました。閉店が決まっていた三春屋に入り、さらにさくら野百貨店に入ってみる。平日のお昼だったので人はあまりいません。上階の方でこけし展をやっていたので、少しのぞいてみようと思いました。

説明を読むと、その日展示している作家さんは黒石の人だった。南部に来たのに津軽の物を見ることになってしまった。まあいいか。

時間帯のせいか、ここにも人がいません。伝統的なこけしもあれば、蛍光色だったり、アマビエをかたどったものがあったりと、今どきはいろんなこけしがあるのねえ。ところでさっきからちょっと気まずいのは、展示スペース内に、私と、隅に座っている店番の男の人と、2人しかいないということです。私がどんなこけしに興味を示しているかも、裏面の値段を確認しているのも、バレてしまう。

お互いに微妙な緊張感が走りつつも、私は隅から隅まで眺めました。伝統的なものは少々お値段が張るけれど、あまりに今どきっぽいものも惹《ひ》かれない。おや、これはリンゴをイメージして作られたものかな。ミニサイズでお値段も手頃だし何よりかわいいし、一つ買って帰ろうかしら。

この棒を折らずに
持って帰れるか、
不安だった……

店番のおじさんのところに持っていこうかと思ったら、あら、「レジ→」の矢印は別の所を指し示している。お会計の場所は展示スペースから少し離れていた。包んでもらう間、私はレジで「これってリンゴのこけしなんですか?」と何気ない質問をしてみました。

「あ、ご本人いるからちょっと聞いてみましょうか」

レジの方が少しそこを離れ、しばらくすると、さっき会場の隅にいたおじさんがやってきた。私がずっと気になっていたのは、作家さん本人だったのか!

しかも……「これは、サクランボがモチーフですね」。

リンゴじゃなかった!

「青森でジュノハートっていう品種ができたので、それにちなんだものです」

ジュノハートは南部・五戸町で生まれた品種。図らずも、南部に来て南部の物をモチーフにした津軽の物を買うというハイブリッドな行為をしてしまいました。来てよかった。

(2022年5月12日付)

買ったもの——⑭ メジマグロ

以前、ホタテにハマったことや「鯖《さば》の煮食い」を作ったことを書いたけど、私はそもそも筋金入りの料理嫌いで、魚をさばくなんて作業は一生やらないだろうと思っていました。私がそんなことに挑戦するようになったのは、あるスーパーの影響なのです。

私はこのスーパーのこと、とっくに書いたような気でいたんだけど、読み返してみたらまだ書いていなかったらしい。好きだからこそ書けない、私だけのアイツにしておきたい。私にはそういう身勝手な独占欲があるの（いや、私みたいな新参者が訪れる前からあそこはみんなのお店ですよ）。

前置きが長くなってしまいました。新聞連載時には匿名でしたが、ここでは実名でいきます。私が大好きな「スーパートーエー」の話。

初めは、自転車で市内をぶらつく中で、単にわりと近いところにあるスーパーということで訪ねたのです。通路が狭くて、素朴で庶民的でいい感じのお店だなあ、と思いながら鮮魚コーナーにたどりつき、衝撃を受けました。

魚が山積みになっている。

狭い鮮魚コーナーの真ん中に発泡スチロールケースがいくつも並んでいて、その日の特売の魚が裸で山と積まれています。生ほっけ1尾150円。宗八がれい1尾100円。ほたて貝70円。にしん30円。さ、30円⁉

隅の、トレイに入って売られている魚たちにも訳の分からない迫力がある。かなり小さいシマダイが10尾以上入って、1パック100円。可食部がなさそうだけど、どうするの？　だし用？

私はトーエー様の有無を言わさぬ迫力に闘志を刺激され、頻繁に通うようになったの

山積みです。

です。まずは入門編としてホタテから購入。そして次に、ホヤ、イカ……。そしてある日、意を決してメジマグロ100円をトングでつまみ上げ、購入に至る。

トーエー様で魚を1尾、どうしても切り身ではない形で買ってみたくなったのです。厨房《ちゅうぼう》に立たない私に包丁を握らせ、魚の三枚おろしに挑戦させたのはすべてトーエーのせい。トーエーの迫力と魅力のせい。

魚の匂いにテンションが上がってニャーニャーうるさい小町（愛猫）に背を向け、私は魚料理系のＹｏｕＴｕｂｅを見ながらメジマグロを三枚におろす。特にいい包丁でもないから切れ味も悪く、いろんなところがぐしゃぐしゃになり、さばくというよりは解体という感じになりました。

でも、私、やり遂げた。やったよ。トーエー、あなたのおかげで私、魚おろしたよ！

ちなみにしょうゆ買うの忘れたから、そのまんま食べたの！　それでもおいしい！

（2022年5月26日付）

買ったもの――⑮　ポポ

前回書いた、私が魚をさばくきっかけとなったスーパートーエーの向かいには酒屋「スコール」があります。私は当初、その酒屋スコールをほとんど気にとめていませんでした。ところがある日、スコールの看板に「産直野菜」と書いてあることに気づいてしまいました。産直野菜だと⁉　なぜ今まで目がそこをとらえていなかったのか。チェックせねば。

入ってみて驚いた。酒よりも野菜コーナーの方がよほど目立っている。しかも思った以上に「産直感」が強い。大量の野菜がポリ袋に入れられて、たとえば「なす　○田○

夫」みたいな感じで、生産者の名前のシールとともに大量に置かれている。見たことがない、何という野菜だか全く分からないものすらある。

私は愛用の「魚用スーパー」のすぐそばに「野菜用スーパー」があったことに感激し、その二軒をハシゴするのが定番になりました。

そんなお店で、私は…出合ってしまったのだ。

小さいヒョウタンみたいな緑色の果実らしきものがパックに6つほど入って、品名シールにはマジックで「ポポ」と書いてある。青森市小館の「ポポ」、1パック350円。

えっ、あのポポ!?　ポポなのかい!?　なぜキミがここに！

ポポ（ポポー）という果物、ご存じですか。実は昭和初期には日本で流行っていたそうなんですが、傷みやすくて流通に不向きなことからどんどん栽培が減り、今は幻の果物とも呼ばれているらしい。珍しい果物が好きな私は何かでポポーの情報を知っていて、いつか出合いたいと思っていたの。珍しい果物といえばふつう南国なのに、まさか青森にあるとは！

たしかに見た目は
いまいち。
私はかわいいと
思うけど…
ポポ

私は超速で購入して持ち帰り、どう食べるかも分からずまず真っ二つに切った。断面はアケビにも似ています。果肉はブニョブニョしていて、黒くて大きい種がたくさん入っている。スプーンで掬《すく》ったら食べやすそう。いただきます。

ん！　あら〜コテコテで濃厚で甘い！　かつて日本で流行ったとは思えない、味も匂いも完全に南国の食べ物。まいったね。私の中で、全果物の中でもトップクラスに入るねこりゃ。ヘンテコな形で、味が濃くて、しかもなぜか青森で手に入るなんて、そのすべての条件も加味すれば果物界1位の称号を差し上げてもいい。表彰します！

私はすっかりテンションが上がり、大事に数日かけてその6つを食べきったのですが…。その後何度スコールに行っても「ポポ」は売っていないのだ。

いつ売ってるのか知りたいような、知らずにまた偶然出合いたいような。なんせ幻の果物なので。

（2022年6月9日付）

買ったもの――⑯　ゴミ袋

知らない街に行くと、住民は知ってるけど旅人は全く知らない、という物事がたくさんあります。観光地、名物料理、おみやげばかりではない。私が気になるのはもっと日常に深く根ざしたもの。それはたいがいスーパーにある。スーパーには、「おみやげ屋では手に入りづらい、でも実は地元ではおなじみのもの」がたくさん置いてあります。

私が旅先のスーパーでオススメしたいコーナーは、お菓子のなかでも煎餅が置いてあるところ。青森なら当然南部せんべいがありますね。あと、豆腐・納豆・漬物コーナーもオススメ。見たことのない納豆、知らないブランドの豆腐がいろんな地方にあります。

青森ならねぶた漬・つがる漬も有名ですよね。具入りの玉子とうふも大好きです。

さて、スーパーにある「実は地元の人しか知らない商品」の中でも、最もマニアックと言っていいものがある。

それは、ゴミ袋。

スーパー内の雑貨類などが置いてある目立たない場所に、指定ゴミ袋はたっぷり置いてある。地元の人にとってはごく平凡な景色。でも、旅行者である私がそこを通るとき少しテンションが上がる。ゴミ袋はいくら個性的でもおみやげにはならないけれど、各自治体で、オリジナルの「指定ゴミ袋」がきちんと作られているものです。ここに住んだらこんな色の袋を使うんだな〜と、一瞬だけ想像する。

だから、私、初めて青森市のゴミ袋を買ったときはちょっとワクワクしたのよ。青森市の指定ゴミ袋、こんな真っ黄色なんだ！　って。

じゃあ、ほかの自治体はどうなんだろう？　と、私はこの機会に少し調べてみた。

弘前市はさわやかな青緑色。八戸市は青森市と似た真っ黄色（燃やせるゴミの場合）

絶妙な色なのよ。

こんなふうに並ぶことは
ないけど

で、ゆるキャラ「いかずきんズ」が描かれている。五所川原市も市のキャラ「ごしょりん」が描かれていて、燃やせるゴミの袋はりんごみたいなかわいい赤色をしている。

市町村章が入っているだけの白い硬派な袋の街もあるし、そもそも指定ゴミ袋がない街もある。各自治体、目立たぬところでなかなか個性を発揮しています。

しかし、調べてみたところで、私は青森市在住だから、この真っ黄色の袋しか使えないのだ。ごしょりんが載った赤い袋がかわいいと思っても、私が手に入れたところで使いようがないのだ。

地元のゴミ袋を買って使える、このことこそ住人の特権。でも、私はごしょりんの袋がかわいいと知ってしまった。ゴミ袋が捨てられている風景を見るために、一度朝の五所川原に行くしかない。

（2022年6月23日付）

べこ餅と雲平

私、モチモチのお菓子が好きだ。

私は、友人でライターである高橋ユキさんのおかげでこのことに気づけました。高橋ユキさんは裁判傍聴ライターで、ふだんは裁判の記録や事件についてレポートしたり論考を書いたりしているのだけど、彼女がいつも事件のことを書いているメルマガで急に「モチモチの食べものが好き」と告白したことがあったのです。

例として挙がっていたのが、クルミゆべし、ういろう、くじら餅など。ちなみにくじら餅といえば青森県民はもちろん浅虫か鰺ケ沢のものを想像するでしょうが、高橋さんは山形のくじら餅を紹介していました。私は山形にもくじら餅があることを初めて知りました。

ともあれ、この告白を見て、ああそういえば、私もモチモチのお菓子が好きだなぁ……と気づいたのです。私は実はあんこが苦手でして、だからほとんどの和菓子が苦手なのだけど、たまにあんこの入っていないモチモチ和菓子があるのです。前出のクルミゆべしやういろうもそうだし、すあま、わらび餅、くず餅もあります。くじら餅も、小豆は原型がないほど練り込まれてしまっているのでわたし的にＯＫ。べこ餅もいいですね。おや、東北ってもしかしてモチモチが多いんじゃないかしら。

私はべこ餅といえば半月型に絵柄の入ったものというイメージがありましたが、葉っぱのような形で白黒の色がついたものもべこ餅と呼ぶんですね。どちらもモチモチでしょうし、高橋さんもきっと好きなはず。

そこで、私はある日、高橋さんのためにお土産でべこ餅を買っていこうと思いました。新青森駅のお土産屋さんをうろうろ探して……あら、ないですね。お店の人に聞いても、

べこもち
雲平
見た目の差が難しい!!

べこ餅はないと言う。結構広い売り場なのに。べこ餅って、メジャーなものじゃないのかな？　それとも、日常的すぎて、お土産としてはスポットライトを浴びてないんでしょうか。

別の日にスーパーに行ったら、べこ餅は当たり前に売っていました。しかも、私が知らなかったほうの、白黒のべこ柄のもの。ついでに、隣に並んでいた「雲平《うんぺい》」も買ってみました。

雲平というお菓子も、モチモチ菓子を調べているうちに最近知りました。見た目は絵柄つきのべこ餅に似ているけど、「ジャリジャリしているらしい」という謎の情報が耳に入って、気になっていました。

白黒べこ餅はモチモチして適度に甘く、とてもおいしかった。意外なことになったのは雲平のほうである。つづく。

（2022年7月14日付）

買ったもの——⑱ オーツミルク

前回の続き。べこ餅はどんなものか知っていたので、予想通りにおいしくいただいた。問題は雲平《うんぺい》である。

雲平、見た目にはべこ餅とほぼ変わりがないけれど、「じゃりじゃりしている」という謎の事前情報を私は聞いていた。どういうことでしょう。まあ、食べてみますか。

あ、じゃりじゃりしてる。ほんとだ。甘いね。甘っ……このじゃりじゃり、砂糖そのものなのか。甘い。甘い……甘い!!

めちゃくちゃ甘い！

雲平好きな人、雲平を作ってらっしゃる方、ごめんなさい、私にはちょっとこれは、爆発的に甘すぎたなあ……。

しょうがないじゃない、人には好みってものがあるよね。

で、さて、どうしようか。

ピンクの渦巻きの雲平を一口かじって、私はそこで一度やめてしまった。こうなると、もう一口行くぞという気がどうも起きない。困った。

その時、私の小学生的欲望が芽生えてしまった。ドリンクバーのジュースを混ぜてみようとするような、あの手の無邪気な欲望が。

……これ、何かに溶かしたらおいしいんじゃないかな。

私は生協に飛んだ。乳っぽくて少しこってりしたものならイケそう、と直感で思った。そして私がセレクトしたのはオーツミルクである。豆乳でもよかったけれど、「オーツミルク」のオシャレさに負けて飛びついた。

1リットルほどのオーツミルクのパックを購入し、家に帰る。さあ、クッキングの時間です。

材料▽かじりかけの雲平　1つ
▽オーツミルク　紙パック1本

①かじりかけの雲平をみじん切りにします。
②オーツミルクの紙パックに
ボトボト投入します。
③よく振ります。

できました、雲平オーツミルク。飲みましょう。ごくり。

えーと……これは、オーツミルクだ。

雲平って、餅だもんね。すぐに溶けないね。底にたまるだけでどうにもならないや。

ああもう失敗だ失敗！

翌朝。よく振り、また1杯コップに注いでみる。あ、ピンクになってるよ？　雲平のピンク部分、溶けてる！

一口飲む。これは……甘みの強い甘酒のような。意外とイケる……かな？　いや、どうかな？　合格不合格のボーダーライン上。評価は……保留。

ともかく、私がこれを通じて分かったことは、「雲平はオーツミルクに溶ける」ということ。恐らく世界で初めての発見です。

雲平を作ってらっしゃる方には重ね重ねお詫《わ》び申し上げます。


（2022年7月28日付）

買ったもの――⑲

ちょっといい包丁

ここまでずっと読んでくださっている方はもう聞き飽きたかもしれない話だが、私はとにかく料理をしない、台所には立たないという人間だった。それが、青森に来てスーパートーエー様に出会ってしまい、そこでワイルドに売られている魚に魅了され、魚を一切さばいたことがないというのに一尾単位で買うに至り、魚料理を練習し始めたのだ。このことは今後もたぶん頻出するエピソードですので、どうぞお見知りおきください。

そんな私の魚生活ですが、最初はホタテ、ホヤなど魚類でないものから入り、アジ、メジマグロをさばくに至った（ここまで去年の話）。さて今年も避暑に青森に来ましたんでね、何から買いましょうか。

まず包丁だろう。

去年も包丁は買っていた。魚を料理するつもりは全くなく、果物をむく程度のことはするだろうと、引っ越しの初期投資の1つとして深く考えずに買った包丁があった。

特に安物という訳じゃないのだが、しかしこれで魚をさばくとどうも身がグチャグチャっとなるのね。3枚に下ろそうとしてもスッといかなくて、背骨に肉がかなりついて汚くなっちゃう。皮ひきなんてやろうものならほんとダメ。私のさばく技術が未熟なのだろうか？

……もちろん未熟だからに決まってる（自問自答）。「だろうか？」なんて真面目な顔して問うまでもなく即答です。

それでも私は道具のせいにしたかった。いい包丁を買えばマシになるに違いない、さらには私が今後魚をさばきつづける覚悟も固まるだろう。そう思い、まずはいい包丁を買うことにしました。

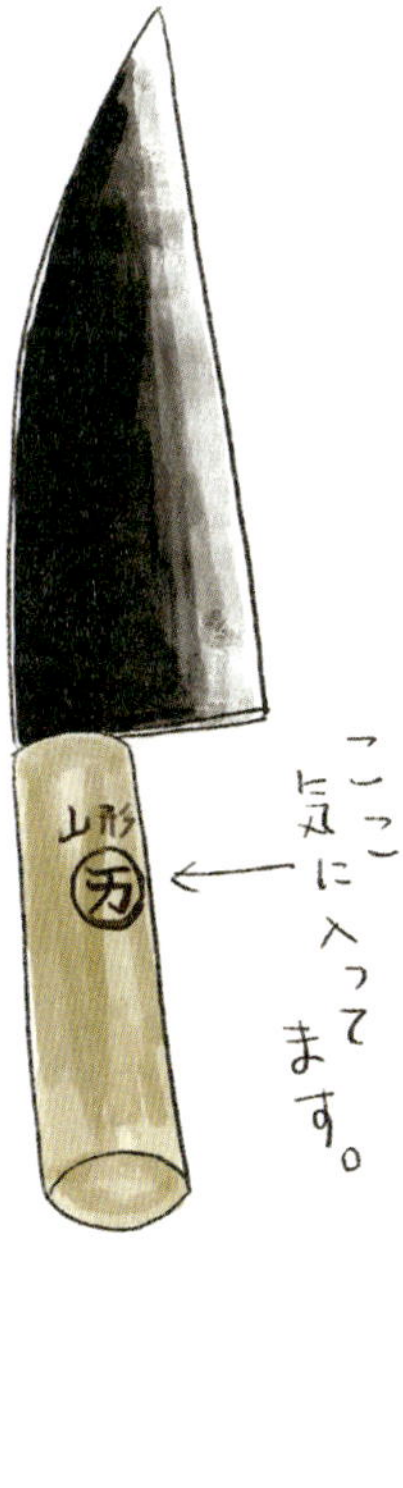
山形
万
ここ気に入ってます。

そうです、私は形から入る派です。技術向上のための努力はあまりしない党・形から入る派に所属しております。

ということでまた新町のリケン洋食器店にお邪魔しました。魚をさばきたいんですけど〜、と素人感を隠しもせずにお店の方に突撃しました。

私は「いい包丁」として5千円くらいを想定していました。むろん、相場なんか分かっていない。長年台所に立っていなかったんだから当然です。そして、いい包丁は5千円なんてもんじゃなかった。上には上がある。当然です。おじけづいた。

目標は「いい包丁」から「ちょっといい包丁」に下がった。吟味を重ねて私が選んだのは「黒打加工出刃5寸」と書いてあるもので、青森ではなく山形産、マルマン佐藤製。柄の焼き印がかわいくて満足な一品です。

ともあれこうして今夏も魚ライフは始まったのだ。

（2022年8月11日付）

買ったもの――⑳

ふくらげ

前回、魚料理をするためにちょっといい包丁を買いました。今回はもちろん魚を買う回です。

さて何を買ってやろうか、と鼻の穴をふくらませて例のスーパートーエーに行くと、「ふくらげ」なる魚が山盛りになっていて、なんと、なんと、1尾30円で売っていた。

30円!?　……買うしかない。

私はふくらげがブリの若いのだということも知りませんでした。それなら刺身にしてもおいしいだろうし、魚をさばく練習にももってこいでしょうが、それより何より私がトーエーで魚を買う基準は「安さ」である。安いから、買う。それも「激安」「財布に優しい」なんてレベルじゃない、究極・至高の安さである。安さが私の情緒を破壊し、「いやいやいや、いくらなんでも！　安すぎるって！　なんだこりゃ（笑）」と思って、脳が興奮状態になって買ってしまう。「高いからこそ価値がある」と思って、高い買い物に喜びを覚える人もいると思うけど、私はトーエーで「安いという価値」を買っている。

というわけで、とにかく私は30円のふくらげをトングでつまみ、ビニールに入れた。30円だから何尾買ってもいいけれど、悔しいことに、さばく能力や食べる能力を考えても1尾がせいいっぱいだ。こんなすばらしいものを買うために30円しか払えないのが悔しく、申し訳ない。「30円でふくらげを売っている」というすばらしい事実を讃《たた》えるために、私は30円のふくらげを3千円くらいで買いたいよ。３００円だったら３００円で買うけど。

もう何を言っているか分からないと思いますが、もう少しお付き合い下さい。

30円、税込み33円也……というだけではあまりにもあまりなので、ほかのお惣菜《そうざい》や調

盛りつけが

きれいにいかないのよ……

味料なども買ってしまった。これがトーエーの戦略である。分かってて罠《わな》にハマる嬉《うれ》しさもある。

ワクワク帰りまして、調理です。まずシンプルに、三枚おろしに。まだまったく慣れていないのでＹｏｕＴｕｂｅを見つつ、かなり時間をかけながら。中骨にだいぶ肉が余っちゃいましたが、初心者だから仕方ない。

レモンがあったので、単純に刺身にするよりマリネしてカルパッチョ風にしようかしら、と思いつきまして、玉ねぎを切ってザッと湯通しし、オリーブオイルとレモンで和《あ》えて、できました。ふくらげのカルパッチョ風。

ああ、おいしい。やればできる。しかし、盛り付けがヘタクソだ。自分用だから別にいいけど、もう少しインスタ映え的なことも考えようかな。……なんて思っていたのだが、次に買った魚で私はまた違った方向に走り出す。

（2022年8月25日付）

買ったもの――㉑

なめたがれい

またも私はスーパートーエーにお世話になった。今度は、また大量に積まれている「なめたがれい80円」が気になったのである。

なんもー。80円って。そんな数字出されたら買っちゃうじゃないか。

なめたがれい（実は初めて聞いた）の値札のところには、「煮つけても焼いても美味しい」と書いてあります。なるほど、煮つけね。カレイは確かに煮つけが合いそう。

しかし、私は良い包丁を買ったので魚をさばきたかったのだ。さばくなら、刺身にするか、三枚おろしにして焼き魚にするか、というイメージ。煮魚はきっと三枚おろしにする必要がない。調理として物足りないかな？

しかも私は煮魚があまり好きじゃない。煮魚って、いつもちょっと味が濃いなって思うんだよね。しょっぱいし、甘すぎる。

えっ、じゃあ、自分の好きなように作ればいいじゃん！

私は今まで煮魚を作ろうなんて思ったこともなかったので、新しい思いつきにテンションが上がってレシピを調べはじめた（私は料理経験がまるでないのでなんでもすぐスマホで調べる）。煮魚は三枚おろしにしなくてもいいが、当然、うろこや内臓は取らなきゃいけない。せっかく買った包丁もちゃんと使いどころがありますよ。

なめたがれいに加えて、えーと、ショウガ、みりん、それにネットのレシピに「きび砂糖」とあったので、「きびオリゴ」なるシロップ状の調味料を購入。こんなの私はたぶん煮魚にしか使わない。もう戻れない。煮魚作りまくるしかない。

さて、実践時には、私はいつも通り適当に探した料理ＹｏｕＴｕｂｅを見ながら調理します。この時にたまたま選んだＹｏｕＴｕｂｅによって料理の運命も決まる。なめたなめた。

カレイの目が片面にしかないことに
いまだに慣れない。

がれいの頭を落とし、内臓を取り、ざっくり3つに切って。そして、水、しょうゆ、みりん、酒、砂糖（きび砂糖）をテキトーな量入れます。「味付けなんてね、テキトーで大丈夫なんですよ、僕はいつも目分量です」。この日たまたま見たユーチューバーはそう言っている。いいのか。いいんだ。これも運命だ。

結果……、超おいしい。

しょっぱすぎないし甘すぎない、私の好みの薄味仕立て。私が今まで食べた煮魚のなかで一番おいしい！　というか、私が今まで作った料理の中で一番おいしいかもしれない!!

テキトーユーチューバーのあなた、ありがとう。メモもしてないから、この時のユーチューバーが誰だったのかまるで思い出せないけどね！

（2022年9月8日付）

買ったもの――㉒

高橋弘希の徒然日記

そういえば、この連載が始まったきっかけについては書いたことがなかった。私はまさに青森での買い物がきっかけでこの連載をスタートすることができたのです。

去年の初秋、初めて八戸の街を散策しに行った日。私のいちばんの目的は「八戸ブックセンター」でした。全国的にも珍しい公営の本屋さん。新刊や雑誌をよく揃える街の本屋さんとは一線を画した品揃えで、規模も大きいようで、気になっていたんです。着いてみるとやはり非常に充実してまして、いわゆる売れ線ではないかなり専門的な本が揃っています。こういう時、私は棚のすべてを一旦目で追わないと気が済まない。

読書家なんですね、と言われそうだけど、実はそうじゃないんです。読むのもすごく遅いし、ほとんど読み切れません。買った本の9割は読み切っていないと言っても誇張ではありません。それでも本を買ってしまう、私はそういうヤツなのだ。本屋で読みたい本を見つけて買う、そこまでの行為でアドレナリンを出し切ってしまう！

さて、これだけディープで並べ方も凝っている本屋さんだと、棚を眺めるのにも時間がかかります。私は棚差しの本の背を右から左、上から下へとじっとり眺めて、たまに取り出して、パラッと立ち読み。そういうことをほぼ全部の棚に対してやっていたので、お店に2〜3時間滞在してしまいました。すべての棚を見終えたときにはもう疲れきっていました。見すぎて、何が欲しいと思ったかもう覚えてない。

結局私は、ま、せっかく青森にいるんだから……と郷土の作家コーナーに行き、十和田市出身の作家・高橋弘希さんの本を購入。しかも小説ではなく、気楽に読めそうな『高橋弘希の徒然日記』。デーリー東北で連載されていたエッセイらしい。

で、いつもみたいに買っただけでなかなか読まない、というのは避けたいので、帰り

夜の すいてる
青い森鉄道にて……

の青い森鉄道ですぐ開きました。いやあ、良い意味で非常に力が抜けていると言いますか、一切気負わずに書いたものをこちらも一切気負わず読める、という感じの逸品。私もこういうのを書きたいなあ、と率直に思いました。

私は青森市在住だし、やっぱりデーリー東北よりも東奥日報かなあ、と本を片手に妄想は膨らむ。そして、私は手が滑ったように「東奥日報に600字くらいの連載持ちたい……」とツイッターに書き込んでしまいました。

それが本当に叶ったのが、こちらのエッセイなんです。

こんなに簡単に叶っていいの？　なんか、すみません……。

（2022年9月22日付）

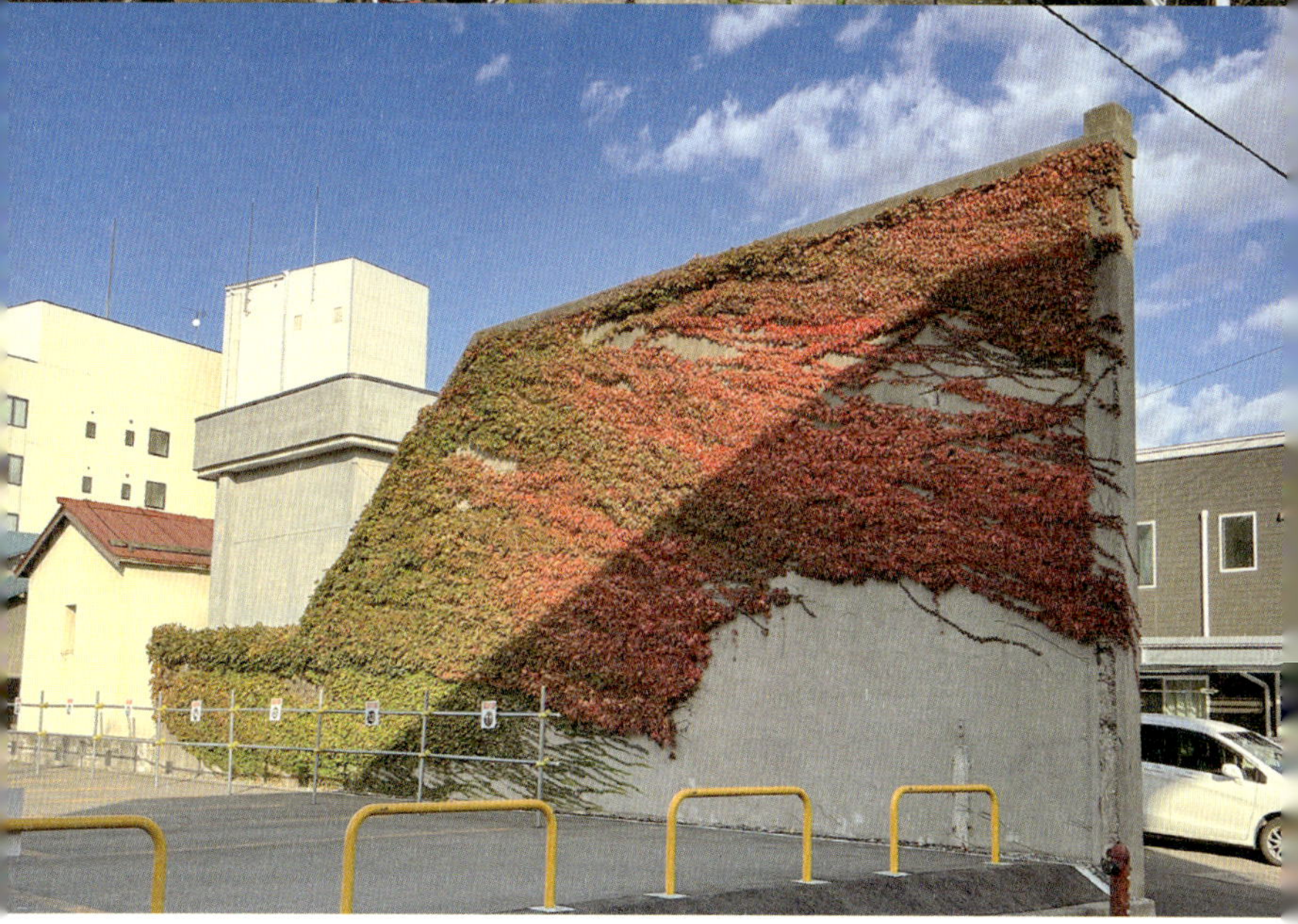

△ 惹かれる石畳と長屋の飲み屋街、八戸
▽ 秋の青森市内でいちばん見たい壁

コラム

弘前チョコレートコラム

私は弘前に行くと、いつもお決まりのコースを踏んでしまう。弘前近くの街に住んでいる友人と、だいたい夜に待ち合わせる。行き先は代官町の居酒屋・土紋。決まっています。土紋では、つきだしの時点でとんでもない物が出てきます。あるときはものすごくぶ厚いホタテのお刺身がつきだしでした。

まずは日本酒の豊盃をたのんで、そのあとはホタテフライ、たらたま（干し鱈を卵黄などで和えたもの）、イガメンチ（イカをミンチにしてハンバーグ状にしたもの）あたりを追加して。あんまりおいしいから私たちはだんだん「おいしい」と声に出すのが早くなってきている。一口食べてすぐに「おいしい！」と言う段階を越えて、最近は運ばれてきた時点で「うわ、おいしい」と言ってしまう。もうそろそろ暖簾をくぐる時点で「おいしい」と言うと思う。

土紋を出たら、桶屋町のピンクベアに行きます。ピンク映画館や風俗街もある怪しい雰囲気の一角の急な階段を上がると、色とりどりのロウソクと大きな時計とドライフラワーで飾られた、小さな喫茶店があります。深夜までやっているそのお店で、アイスから手作りしているパフェを食べます。ピンクベアの壁にはメニューが大量にありますが、今やっていないものは、小さなシールで値段の部分が隠してあります。

このピンクベアは、今年（2021年）惜しまれながら閉店してしまいました。さみしい。

私はこれから弘前のお決まりコースを再検討しなければいけない。

私は今年の夏、青森市に住んだのだけど、実はもともとは弘前に住みたいと思っていたのです。

さらにさかのぼると、私は京都に住みたいと思っていた時代がありました。

20代半ばのころ、そのくらいの年の頃によくありがちな京都への憧れ。どこを見ても歴史がついてまわる古都。どんな一角にもお寺があり、町屋がある。学生街だから文化の香りが濃密で、おしゃれな喫茶店や雑貨屋さんもそこここにある。都会だけど東京や大阪ほど気ぜわしくなく、少しすました街、背伸びした街……

当時、京都の大学に通っている友達がいたので、私は住む予行演習のつもりで夏に行ってみたことまでありました。

しかし……、暑すぎた。京都はとんでもなく暑かった。東京の真夏の比ではない。私はごった返す四条河原町を歩きながら、1ブロック歩くたびにコンビニに入って暑さから避難しました。コンビニの強いエアコンで身体をだましだまし進まないと、京都の暴力的な暑さは私には無理だ……。

気候の面で京都をあきらめた私は、青森（県内）にもし住むとしたら、「青森の京都」に住むべきだろう！と思ったのです。青森の京都、それが弘前だ。

青森県において、青森市と弘前市の関係性は微妙です。県庁所在地は青森市、人口規模も青森市のほうが上。新幹線も青森市を通る（弘前は新青森駅で乗り換え、そこからさらに40分ほどかかる）。一方で、弘前には城があり、歴史が圧倒的に古く、国立大学もあって文化の香りが漂います。喫茶店も多い。なにせ「珈琲の街ひろさき」を名乗ってもいるのです。私にとっては、弘前に城下町としての地名がそのまま残っているのも好ましい。すでに出た代官町、桶屋町、そのほかにも鉄砲町、紙漉町、若党町、瓦ヶ町、なんてね。瓦ヶ町は「かわらがまち」ではない。「かわらけちょう」である。昔近くに瓦屋があったそうで、また、土器のことを古く「かわらけ」ともいうそうで、そのへんが由来なんでしょうが、またなんでケをカタカナ（しかも、正式に書くと小さい「ヶ」）にしてしまったのか。こういうなんだかよく分からないものが歴史の重みを持って残っている。そういうところにとっても惹かれます。

そんなわけで、弘前は誰が何と言おうと青森の京都なのです（となれば、青森市は新しい港町だから、神戸？　いや、それはちょっと買いかぶりすぎか？）。私は弘前の友達にも、何度か「弘前に住みたい」とほのめかしたことがありました。

ところが、困ったことに地球は温暖化していた。盆地にある弘前は最近すっかり暑くなってしまい、夏は平気で連日30℃を超えるようになりました。もう明らかに海沿いの青森市と気温が違うんです。しかも私は猫連れでの移住なものだから、移動時間を極力減らしたい。

となれば、青森市かな……と、なってしまうのは仕方がなかった。

弘前の街に対しては、いまだにちょっと未練があります。

さて、弘前ぶらぶらコースを再検討しましょうか。

弘前の街は青森と違い、非常に道筋がややこしい（この整っていないのがまた良い）。地図を見れば一目瞭然、弘前城のあたりは城の敷地に平行するように縦横に道が走っていますが、弘前駅のあたりでは道筋がちょうど45度くらいねじれている。この構造のせいでいつも街の作りがよく分からなくなるから、まいっちゃうよね（笑顔で）。この間違いやすい道をうまく読み解きながら、まずは土手町に向かうのです。弘前と言えば土手町です。弘前駅から歩いてどうにか土手町に辿り着き、中央市場や中三（百貨店）を経て、夜の街のほうへ向かう、これがよいと思います（もちろん土紋でもいいんですが）。

弘前って、夜がいい。私の以前のお決まりコースも夜スタートだったし、青森市のねぶたよりも土着の香りが濃い弘前のねぷたも、狭い土手町通りを夜に練り歩くのがエロティックで良い。弘前城の桜も、空を攻め上がっていくかのような夜桜が強烈です。

それぞれ好きな手段で弘前の夜を堪能したら、翌朝はのんびり、お昼くらいに起きて、弘前の味のある地名の一つ「銅屋町」にある、ゆぱんきに行くといいです。

ゆぱんきは、きれいな五重塔がある最勝寺というお寺の横にこっそりとあります。この「こっそり」は本当に、日本随一の「こっそり」なんです。入り口はまるで子供の秘密基地のような分かりづらさで、お店の中はまるで洞窟。「隠れ家カフェ」なんて言い方はいろんなところでまかり通っているけど、全国の隠れ家カフェはゆぱんきの隠れぶりをお手本にしてほしい。お店の山崎さんも、猫のまめちゃんも洞窟の妖精のような存在感です。

薄暗くてしんとした、ぬらりとした壁に囲まれたお店で食べるチョコケーキには、フルーツがたくさんついてきます。この世には自分とケーキしかいないんじゃないか、という気持ちになります。

洞窟（お店）を出てお城のほうに少し進めば、城西大橋のあたりから、ご神体のような美しい岩木山が見えます。弘前には永遠に片想いをしていくんだろうなあ、と思う。

※ゆぱんきは店主が変わり、再開店準備中。

奥羽本線から、岩木山 △

買ったもの——㉓

玉子とうふ

青森に来て以来すっかりスーパー大好き人間になった私ですが、スーパーに行くたびに必ずといっていいほどカゴに入れるものについてまだきちんと言及していませんでした。

以前にも、知らない地域のスーパーに行ったら豆腐・納豆・漬物コーナーを見るのが楽しい、そこには地元のものが集結してる、なんて書いたことがありますが、肝心の、青森での豆腐・納豆・漬物コーナーの話の詳細を書いておりませんでしたね。

まず豆腐コーナーで買う、地元のものとは何か。そりゃもう、たまごどうふ、ですよ。

いや違った、正式名称は「玉子とうふ（濁らない）」。

私はこれを県庁勤務の背の高い某氏から教えていただきまして、まんまとハマってしまった。転勤で青森在住になった知人もハマったと言っていた。彼女の横で青森生まれ青森育ちの知人はそうでもなさそうな顔をしていたので、もしかしたら大人になってから青森に来た人のほうが深くハマるのかもしれない。

私が説明するのも野暮ですが、一般的ないわゆる玉子豆腐（だし汁と卵を混ぜて固めただけの、薄い黄色のアレ）とは違う。青森の玉子とうふは、鶏肉、椎茸、タケノコ、カマボコなど具がふんだんに入った、茶碗蒸し風のアイツです。いろんなメーカーのものがありますが、やはり私は緑の枠のニクいアイツ、いちばんよく見る「かくみつ食品」のものをよく買いますね。2、3個ガサッとつかんでカゴに入れ、冷蔵庫に入れといて、食べるときはパックのふたを破ってもう直接スプーンで掬《すく》いながら食べちゃいますよ。

そして、豆腐の隣にある納豆コーナーも見逃してはならない。私は納豆については、アンケートで答えるとしたら5段階の3ないし4、「どちらかといえば好き」という程

好きすぎて
私は一気食いかつ
じか食いして
しまいます。

度ですが、ひきわり納豆となると4から5、「好き」に○をつけてしまう。なぜ納豆をただ細かくしただけで別のもののように感じられるのだろうか（実は、ひきわり納豆は納豆と違って「大豆の皮がついていない」という特徴があるらしい。へえ〜）。

青森県はとりわけひきわり納豆が好きな人が多いらしく、スーパーには明らかに他県よりも大量のひきわり納豆が並びます。中でも太子食品は「超きざみ」なるとんでもなく細かい粒のひきわりを製造なさってまして、私は箸からこぼれ落ちるくらい細かすぎるこの粒に「全くコイツぅ」とか笑顔で文句つけながら毎朝食べるわけでありますが、たまにひきわりに何かを混ぜるという外道に踏み込むこともあります。スーパーのこのコーナーの話、まだ続く。

（2022年10月13日付）

買ったもの―― ㉔

ねぶた漬とひきわり納豆

私が大好きな、スーパーの豆腐・納豆・漬物コーナーの話のつづきです。あ、言っておきますが、私は豆腐・納豆・漬物が大好きなわけではないのです！　豆腐や納豆は好きでも嫌いでもない。漬物に至っては全般的にかなり苦手。そこは間違えないでおくれ。私はスーパーのこれらのコーナーが好きなだけ。

で、納豆の中でも、青森人に人気のひきわりになると「けっこう好き」にランクアップすることは前回言いました。さらに言えば、私は漬物が全般的に苦手なのに、ねぶた漬は大好きなのです！

いやあ、だから青森はいいのよ。青森（というか、主に青森市）のスーパーの漬物コーナーにズラリと並ぶねぶた漬シリーズがもし苦手だったら目も当てられないよ。青森ってば、全部私の好みに自動的にチューニングが合ってくる。なぜかしら、相思相愛なのかしら。

というわけで、私はいつもスーパーに行くと、豆腐コーナーから玉子とうふ、納豆コーナーからひきわり納豆、漬物コーナーからねぶた漬を選び取るのである。

ここで賢明な読者諸氏はお気づきかもしれない。ごはんに載せるものが多くないか、と。ごはんがキャパオーバーではないですか、と。

ご安心ください。それを解消する革命的方法を私は思いついてしまったんです。

ある日はひきわり納豆を、ある日はねぶた漬を乗せればいいじゃないか、ですって？ そんな当たり前のことをおっしゃらないでください。そんなあなたは無視します。

私は、ごはん（少なめ）の上にねぶた漬（半パック）を、そしてその上からかましたひきわり納豆をのっけたのだ！

断面図
ひきわり
ねぶた漬

量で言えば、もう米のほうが少ない。それがいい。ネバネバの上にネバネバ、この相性も良い。うまい！

今すごくさりげなく津軽弁を使いました。「かます」というのはすごくしっくりきた津軽弁なので、すぐ使いました。納豆は「かき回す」よりも「かます」って言いたい。

さて、調子に乗った私は、最初から混ぜたらどうだ？　と思いつきました。納豆パックの上に直接ねぶた漬（半パック）を開け、いっしょじにかましてまったじゃ。ビールの泡か、ってほどに、盛り盛り盛りのアワアワのネバネバになった。味は特に変わらなくおいしい、けど、なんかこれは、うーん……。

納豆の間でちりぢりになったねぶた漬に申し訳なくなってしまった。これは反省。なんでもかませばいいってものでもなさそうです。今はねぶた漬の上にひきわり納豆、に落ちついております。

（2022年10月27日付）

買ったもの――㉕

林檎ガラスペン

青森で買った高いものって何だろうか。引っ越しの時に冷蔵庫や洗濯機なども買ったけど、そういう家電は例外として、純粋に趣味だったらどうだろう。

この本のはじめに、青森で服を買う話を書きました。服はもちろん、そこそこお高い。高いもののランキングをつけたら服ばかりになりそうだから、身につけるものも例外ということにしてみる。

となると、たぶん、ランキング上位にくるのは「林檎《りんご》ガラスペン」じゃないかと思うんですよね。

なんだそりゃ、と思われそうなのでまずガラスペンについて説明しますね。

ガラスペンは、一度インクをつければハガキ1枚くらいは書ける、ちょっと原始的な仕組みのペンです。ペンの先端は名前通りガラス製。筆の穂先のような形に加工されている。そこにインクを浸すと、毛細管現象によってインクが溝にとどまって書けるわけです。ボールペンなどの便利なものができる前は事務用としてよく使われていたそうですが、今はおそらく一部のマニアしか使っていない。主に、ペンそのものの美しさで好かれていると思われます。

最近の文具マニアは、インクが好きな方が多いみたい。となると当然そのインクを使用するための筆記具にも手を出すわけですが、私の文具マニアの友達（非青森人）も同様で、彼女はインクから万年筆や付けペン、ガラスペンへと興味を深めていました。私もそれを見ていたらガラスペンというものが欲しくなってきたんですが、ちょうどそんなときに林檎ガラスペンの存在を知ってしまったんです。

林檎ガラスペン（正式名称は「ちいさな林檎」シリーズ）は、青森市の北洋硝子（津

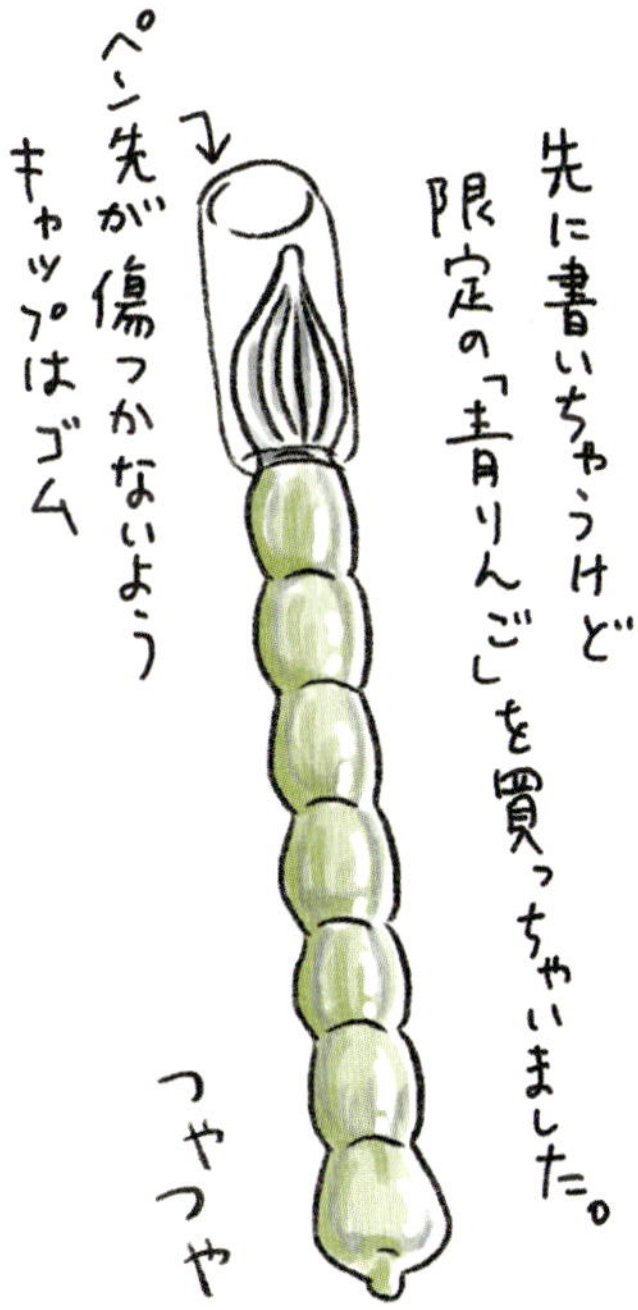
先に書いちゃうけど
限定の「青りんご」を買っちゃいました。
ペン先が傷つかないよう
キャップはゴム
つやつや

軽びいどろ）と弘前市の文具店・平山萬年堂のコラボによって最近生まれた商品だそう。小さな林檎がたくさん連なったようなかわいいデザインなのです。これは、去年青森に来て、今年ガラスペンに興味を持った私のために作られたような商品だよね。最初に買うガラスペンはこれしかない。私は鼻息を荒くした。

ただ、こちらは職人さんの手作りですから、それなりにお高い。ペン1本で、1万6500円也。

いや、もちろん買いますよ。青森のガラスペン好きとして、ひるみませんよ！

ただ、この商品を企画してしまうほどの文具店というのが気になる。青森市内で売ってるのも見たけど、せっかく買うならちゃんと弘前まで行ってそのお店で買うぞ。

ということで、ある日私は平山萬年堂に行くためだけに弘前を訪問したのだ。つづく。

（2022年11月10日付）

買ったもの──㉖

津軽塗色のインク

ある夏の日、「林檎ガラスペン」を買うためだけに弘前に来た私。目的地は文具店・平山萬年堂。林檎ガラスペンを企画したお店です。

平山萬年堂は、なじみぶかい土手町の商店街にありました。ぱっと見た感じでは、古い商店街には一軒くらい見かけるふつうの小さな文具店という印象ですが、よく看板を見ると「ペンセンター平山萬年堂」と書いてあります。

ペンセンター。聞き慣れない言葉である。ペンについては絶大な自信を持っているお店といってよかろう。

ちょっと緊張しながらお店に入ると、店主の平山幸一さんが迎えてくれました。

……と書くと、まるで取材で行ったみたいだ。私は完全に私用で訪れています。

実はあとから調べたら、お名前が簡単に分かっちゃったのです。名店なので、いろいろなメディアで取材を受けてらっしゃるんですよね。日本のインク・ペン趣味文化を支える偉大な方です。

さて、私が求めていた林檎ガラスペンですが、いくつか種類がありました。太軸・細軸、まっすぐなペン先・少し曲がった筆タイプのペン先。そしてなんと、今年は新しく「青リンゴ」が出たという。

青リンゴは、軸が淡い黄緑色。甘酸っぱそうな、爽やかな澄んだ色です。私は赤よりも断然こっちが気に入っちゃいまして（「限定」に弱い）、すぐこれに決めました。

で、ペンを買ったら、店内のインクも当然気になる。

このインクがまた、非常に多くて困ったもんだよ。なんと平山萬年堂さんはご当地インクも開発しているのです。なんなんだ、ご当地インクって。そんなものを知ってしまっ

この文字は　実際に
林檎ガラスペンと
津軽塗色のインクで
書いております。

たら旅のたびにインクが増えてしまうじゃないか、これはいけません!

令和の世には「インク沼」なる単語があるのだ。ペン・インク趣味の人が美しさに惹かれてつい使い切れないほどにインクを買い、底無し沼にハマっていく。私も沼落ちしそうである。

私は「一つだけだからね!」と自らに言い聞かせ、迷いに迷って、手に取ったのは「津軽塗色」でした。だって、いちばん青森らしいもんね。

津軽塗色のインクは、あの説明の難しい津軽塗の「呂」のような色に、これまた津軽塗らしい色のラメが入っている。ペンを走らせればその線はまるで津軽塗……って、ああ、自分の語彙の少なさが恨めしい。あの唯一無二の美しさはどうしても「まるで津軽塗」としか表現できない! とにかくとても美しいんだってば!

で、買ったはいいが、パソコンとスマホの世の中で、さほど使う機会がない、それがインク沼のやるせなさ。ああ無駄に手紙が書きたい。

(2022年11月24日付)

買ったもの——㉗ ヘンリック・ヴィブスコフのブーツ

青森市内にも雪が降ったそうですね。私はここ1カ月ほどスケジュールの関係で青森に行けず、東京でぬくぬくやっております。

雪が降ったら何を履くか？　愚問ですね。

「いつもの靴」です。

私は基本的に雪をナメているのである。幼少期に青森で育ってはいないのだが、一応、数年札幌で暮らしていたのだ。札幌だって、かなり雪が積もる。出身幼稚園は札幌市のあゆみ第二幼稚園。子供の頃とはいえ、雪の中をざくざく歩いて幼稚園に通ったこともある。雪の中の歩き方などお手の物。

以前、真冬に日本北端の街である稚内に行ったこともある。そのときはさすがに未知の領域なので警戒し、しっかりしたアウトドア用のスノーブーツを買ってみたのだが、稚内の積雪量は青森や札幌に比べたらむしろ少ない。頑丈なブーツは重すぎて歩きづらく、ちょっと拍子抜けだったのだ。

青森は市街地ならそこそこ除雪もされているはず。新町通りにはアーケードもあるし、踏み固められたところを歩くならふだんのスニーカーでも十分さ。

と、完全に思い上がった態度で私は去年の青森に立ち向かった。そして、市民でもドン引きするほどの積雪量を前にして「ま、知ってたけどね」とおびえた顔を隠しながらスニーカーで動き回った。

何回かコケた。

でも、これも想定内。雪国の人だってコケることくらいあるもんね。うーん。まあ、平気だけど、念のためにブーツとか買ってもいいかもしれないなあ。念のためだよ！

この紐がたまらないよ

ということで、「気に入るブーツがあったら買いたい。あくまでも、雪のためというよりは、ファッションのためです」みたいな気持ちで、私は例の古川の服屋さん（16ページに登場）をのぞきました。

そしたら、本当にかわいいブーツが登場したのである。きゃあ。もう一目惚《ぼ》れ。

ヘンリック・ヴィブスコフというブランドのブーツ。モコモコした形で、靴紐がとても独特。とても太くて、紐自体もモコモコふわふわしている。サイズもちょうどいいのがある。なかなかのお値段がしたけれど、こんなものはほかにないので即断してしまった。

「いやぁよかった、雪のシーズンにもいいですよねぇ」

「……防水でねはんで、向いでねじゃ」

無理をして青森で履いて歩いていたら、溶けた雪が浸みてきて革がダメになりそうだ。

この子（靴）は結局、主に東京で活躍しております。

（2022年12月8日付）

買ったもの――㉘

灯油

青森の冬に絶対に必要なもの、それは灯油である。さあ困った。私は去年、冬を迎えるにあたって灯油について本当に困っていた。

まず私は、一人暮らしをしてからというもの、エアコンでどうにかなる地域にしか住んだことがない。いまの青森の部屋には排気管も含めて石油ヒーターがしっかりセットされていてありがたいのだが、灯油はどこでどう買うのか、そこからして分からない。

いやもちろん、そんなことは今スマホでなんでも調べられる。「青森・灯油」とでも検索すればいろんな会社が出てきます。しかしですね、灯油をどう買うか、読者の皆さまはどうされてますか。皆さまはもちろん青森に住まれてますから、燃料会社などで契約を結んだりされてますよね。定期的に配達が来たり補充されたりしますよね。そういう情報は把握してます。

ところが私はパートタイム青森民なのである。都合のいいときだけ青森に来るいいとこ取りの女。夏は長期滞在だけど、冬は、そうさねえ、1カ月に数日間しか来ない。こんな調子のいいヤツは、定期的に灯油に来られてもちょっと困るのだ。足りなくなったとき買うだけで済ませたい。でも、車もないし、ガソリンスタンドで買うわけにもいかないのよ。どうしよう。

そんな話を知人にしていたら、うちに余ってるからとりあえず1缶あげるよ、使いなよ、と手を差し伸べてくれた人がいました。なんてありがたい！　青森は寒いが、人は温かい（当たり前のこと言ってすみません）。

てなわけで、人からいただいた灯油で私はぬくぬく冬を迎えることができました。あよかった。ヒーターがピーピーピー。あら、もうなくなった。補充。翌日、またピー

灯油ポリタンク、なんで
側面に×ってかいてあるの?

ピーピー。寒いもんね。何回か継ぎ足し、数日後の夜。もう残りの灯油量が頼りなくなってきたと気づいた。

一度安心すると未来を考えないのが私の悪い癖である。次にどう買うか、結局考えてなかった。

さすがにまたもらうのは申し訳ない。ネットで調べた某燃料店のホームページには配達についての詳細も値段も書いていないので超不安なのだが、直接電話をかけて、定期配達ではなく都度注文で届けてくれないか、聞いてみることにした。えーと番号は……

電話受付時間＝平日9時〜17時

うおおお〜！　もう18時じゃ！　明日私は凍え死ぬ！

結局、別の会社をどうにか見つけて買えました。割高だった。パートタイム青森人よ（あまりいないと思うけど）、灯油は計画的に……。

（2022年12月22日付）

買ったもの――㉙

乾電池式オート灯油ポンプ

前回、灯油を買うにあたって困った話を書きましたが、灯油ライフ（？）を迎えてうれしかったこともある。

私が南国の出身だったなら石油ヒーターというものが身近になかったかもしれないが、なんせ私の両親はともに根っからの北海道人。我が家では灯油に絶大な信頼を置いていたのである。実家が関東に移ってからは、居間のメイン暖房こそガスファンヒーターだったけど、ほかの部屋のちょっとしたスペースを暖めるとなれば小さな石油ヒーターは必須。子どもの頃は、親から「石油なくなったから入れてきて」と言われたら、銀色の灯油入れを寒い玄関に持っていってしゃがみこみ、その容器を例の赤いポリタンクの横に置いて、二股になった灯油ポンプを差し込んで、頭の提灯《ちょうちん》みたいな部分をジューコ、ジューコと押して灯油を地道に移し替えていたのである。

この作業、どのくらい灯油が入ったのか目盛りが見づらいし、案外時間がかかる。つらいとまでは言わないけど、めんどくさい作業だった。

そして私は実家を離れ、しばらくエアコンで暖を取る生活をつづけ、かなりの時を経て、青森へ来た。

そしたら、世の中は、あのジューコジューコする作業をしなくていい世界になっていたのである！

ドラえも〜ん、灯油を簡単に移し替える機械を出してよ〜。ハイ！　乾電池式オート灯油ポンプー！

いや〜、こんなものがあるなんてね。私にとってはドラえもんの世界ですよ。私がうっかり石油ヒーターのない世界に閉じ込められているうちにシャバではどんどんテクノロ

ウィーーン…
ジョロロロロ
いまだに「センサーが反応せず
灯油がぶちまかれてしまうのでは?」
って少し疑ってしまう。
大丈夫…?

ジーが発達していた！

もちろん私は喜んでホームセンターに買いに行った。こんな最先端の機器（個人の感想です）なのに、意外にも安くて2千円もしない！

本当にこんな簡単な機械であのめんどくさい作業が一瞬で終わるのだろうか？　こんな安物じゃ、漏れたりあふれたりしてそのへんが灯油まみれになるんじゃないだろうか。私は初めて灯油を買った日、半信半疑で説明書どおりにポンプを差し込んだ。そして、おそるおそるスイッチを入れたのさ。

ウィーン……ジョロロロロロロ……。プシュ～、こぽぽぽぽ……（終了）。

うわ、できてしまった。すごいぞ！　なんだこの機械は！

もうそれから私は灯油を移し替えるのが楽しくてしょうがないわけ。たぶん私は青森一、灯油をポリタンクからヒーターのタンクに移し替えるのが好きな女である。早く灯油が減ってほしいくらいである（お財布的には困る）。

（2023年1月12日付）

買ったもの――㉚ リンゴ

いまさらにもほどがある話ですが、「青森といえば何？」と全国民にアンケートを取ったら、やっぱり1位は「リンゴ」になると思うんですよ。

しかし、30回もこの連載を書き続けてきて、私はリンゴを買った話を書いたことがない。唯一近い話といえば「林檎《りんご》ガラスペン」を買った回だろうか（近くないぞ）。

そもそも、私は青森でリンゴを買ったことがあるのでしょうか？　クイズです。私は青森でリンゴを買ったことがある。○か×か。

これは……今は○になっちゃうんですよね。あんまり意外性のない答えでごめん。

でも、おととしの夏から青森に断続的に住みはじめて、初めてリンゴを買ったのはなんと去年の秋なのです。1年ちょっと、リンゴそのものを買うことはなかった。

でも、リンゴは時々家にありました。そこそこのペースで食べてはいました。

そう、私も住みはじめてすぐ、「青森県民あるある」の洗礼を浴びたのだ。すなわち、リンゴは買うものじゃなく、なんだかんだでもらってしまうものだ、ということ！

最初の洗礼は、何度もここで出たお店、青森市新町のリケン洋食器店です。住んで間もなくして、ボウルを買いに行ったときだったかな。リンゴがあるから1個持っていったらいいよ、という感じで、当たり前のように買い物袋にリンゴが入りました。あら、もらっちゃったよ。ありがとうございます。

しかしこの例は、別に特殊なことでも何でもなかった。その後も私は覚えていられないくらい、いろんなところでいろんな人からリンゴをもらってしまう。私も別に毎日リンゴを食べたいほどのリンゴマニアではないので、ちょうどいいくらいのペースで家にリンゴが来る感じになりました。今っぽくいえば、無料のリンゴサブスクです（リンゴ

すっぱみの強い
「ピンクレディー」っていう
品種、好きです。

を下さる方、こんな言い方をしてすみません！）。

なぜ青森人はこんなにもリンゴをくれるのか。リンゴをくれる人たちも、もしかしたらどこかからもらっているのだろうか。いったいリンゴはどこを回遊し、どこから流れてどこへゆくのか。本当にこれはリンゴ畑で収穫され、売られているのだろうか。

もしかすると、青森に長く住むにつれ、人は空中からリンゴを取り出せたり、ミカンやブドウをリンゴに変えてしまう能力を身につけてしまうのかもしれない。

ところで、じゃあ私はなぜ去年の秋にリンゴを「買った」のかというと、これも実は人に贈るためなのでした。

ああ、私もいつのまにか人にリンゴをあげる青森人になっていた！　恐ろしい！

（2023年1月26日付）

買ったもの――31

卓球用シューズ

私は中学生の時、卓球部でした。運動神経は悪かったけど、私がいた中学校はなんとなく「みんな運動部に入らなきゃいけない」という無言のプレッシャーがあり、運動部でいちばん楽そうな部、ということで仕方なく選んだのが卓球部だったのです。幸運にもウチの部は市でも超弱小の部類だったので、ほどほどに楽しくやってました。

で、先日、なぜか私は弘前在住の男友達と卓球をやることになったのです。

その前の日、彼を含め何人かで飲んでいるとき、スポーツが得意な彼が最近たまに卓球をやっていると言い出しました。なんでも、ヒマな時に一人で市の体育館を借りてバスケや卓球をやっているらしい。当然「私、卓球部だったよ」という話になり、彼も「俺は部活は未経験だけど、天性で勝てる！」と大口を叩《たた》き出し、明日体育館でいざ戦わん、という話になったのです。

ラケットは貸してもらえるけど、体育館用シューズは持参必須らしい。上履きの類なら何かと使うだろうから、それを買うために翌日はゼビオ弘前店に寄ることに。

靴を探しに来たけれど、さすが巨大店、卓球コーナーも充実してます。ああ懐かしい。ラケットとかラバーとか、いまこんな感じなんだ〜。

そう、卓球部はラケットに超こだわるのよ。温泉や体育館に常備されているラケットは安くて、ラバー部分がカサカサなんです。もっとラバーがぺっとりしてないと、球に回転がかからなくてやりづらいんだよね。卓球のブランドにもいろいろあって、私の頃はバタフライとＴＳＰが二大派閥だったなあ。私はバタフライのロゴが好きでさあ。

なんて、弱小卓球部のくせに、偉そうに友達に卓球部ウンチクを語る私。でも、さすがにこの勢いでラケットを買うのはやりすぎだ。今日は靴を探しに来たんだもん。

今は
こういうロゴなんですが
当時の
Butterfly
←こういうロゴが好きだったのよ〜

と、卓球コーナーから移動しようとして、棚に置いてあるものにふと気づいた。「卓球用シューズ」がある！

そうだ、当時卓球用シューズも買ってたよ。上履き用として、これを買っちゃえばいいじゃん。しかも私が好きなバタフライの靴がある！

ということで、私はラケット類は買わず、卓球用シューズだけを青森県内で購入するに至りました。いまもジム用として活用しております。

あ、彼との卓球ですか？　腐っても元卓球部、ちゃんと勝ちましたとも！

今はそのときの勇姿をプロフィール用写真として活用しております。たまに「著者近影」などで使ってますので、チェックしてみてください。

（2023年2月9日付）

買ったもの――㉜

青森市の地図

青森に住み始めてすぐに買った大事なものについて、まだ書いていないことがあった。それをふと思い出したのは、このあいだ、それがついに剥がれたからだ。古い日本のホームドラマで子供部屋が映ると、だいたい壁に世界地図が貼ってある。子供はそれを何気なく見て、世界を覚えるわけですよね。

私はそんな感覚で、住み始めてすぐに成田本店で昭文社の「青森市」の地図を買い、借りた部屋の何もない壁にビシッと貼ったのだ。県ではない、市のもの。ケースから出してびろーんと大きく広げられるアレである。

これから住もうとする街について、せっかくだから自分の脳内に感覚を叩き込んでおきたいじゃない。あれを日ごろ眺めていれば自然と市内の地理感覚、距離感、土地勘が分かろうというもの。

昭文社の「青森市」には2枚の地図が入っていました。気前がいいですね。市のほぼ全域を眺められる地図に加えて、市街区域の詳細図もついていました。私は全図をばーんと壁の真ん中に貼り、その右にやや小さいサイズの詳細図を貼りました。

いまはわざわざ紙の地図を広げる人も少なくなりましたよね。ネットの地図はものすごく便利ですからね。私だってもちろんふだんはスマホで、ネットの地図を愛用しております。縮尺も自由自在、印もたくさんつけられる、便利だもん。

でも、私は紙の地図も大好きなんです。何がいいかって、全体をとらえることができるということですね。やっぱりネットでは画面サイズに限界がありますからね。

さて、私はもともと地図が大好きですから、毎日のようにこれを眺めました。見ているうちに自然と、道や地形の様子、各地の地名が少しずつ頭の中に入って行く。もう私

テープの力が弱くなって
しまった……

はだいぶ分かってますよ。中央大橋の向こうとか、浪打銀座とか言われても分かりますよ。細越とか西田沢とか言われてもひるみませんよ。

しかしこのあいだ、幸畑は「こうばた」って読むと学んだはずなのに、幸畑小学校は「こうはた」らしい。どっちなんだ。さらに言えば、新青森駅あたりの「江渡」という場所、読み方が分からなくて調べ、「えど」だと覚えたのに、生まれも育ちも青森市内の人が「えわたり」と読んでいた。いよいよ分からなくなってしまった。地元感覚は地図だけでは分からない。

……というように、地図の隅から隅まで凝視し、時には書き込みもして1年以上の時が流れ、ついに隅からテープが剥がれるに至りました。これだけ見てもらえれば地図も本望ですよね？

（2023年2月23日付）

買ったもの――㉝

青森市の古地図

　こちらに引っ越してきてすぐに部屋に青森市の地図を貼った私ですが、それからしばらくして、古地図も欲しくなりました。というか、あるお仕事のために必要に迫られて、市内のどこかで買えないものかと考えました。

　古地図と言っても、私が欲しいのは戦中から戦後くらいのもの。いま青森市の市街地は地名が整理統合されてしまいましたが、かつては、中心街の「浜町」「大町」「米町」とか、小学校名に残る「莨町」とか、ほとんど忘れられている「大坂町」「露草」「袰懸」とか、個性ある地名がたくさんあって、そういったものの正しい位置を知りたかったのです。

古地図を売っている可能性があるのはやはり古本屋さん。私が巡った市内の古本屋のなかで、いちばん古地図を置いてそうな雰囲気があるところ……それは、私のなじみのスーパートーエーの近くにある、「誠信堂」というお店じゃなかろうか。

誠信堂は市内の古本屋さんの中でもなかなかレベルが高いと言いますか、達人向けのお店という感じです。私はかなり気合を入れて突入しました。

大量かつさまざまな古書に囲まれて、自力で探すのは最初からギブアップ。私は割り切って、店主さんにさっさと「古地図って置いてますか？」と聞きました。古書類から昔のパンフレット様のものまで山となっている事務所的なスペースの中で、店主さんはチャッチャと探してくださる。思ったよりもたくさんあるみたい。私が希望するような時代の古地図は、目の前にトストスと積み上がっていきます。感動。

私は中身を吟味した。かなり古いので、紙自体はだいぶくたびれている。それでも、私が希望する時代と地域を考え、これだと思うものがあったので見事にゲットです。興

開くの
たいへんでした。

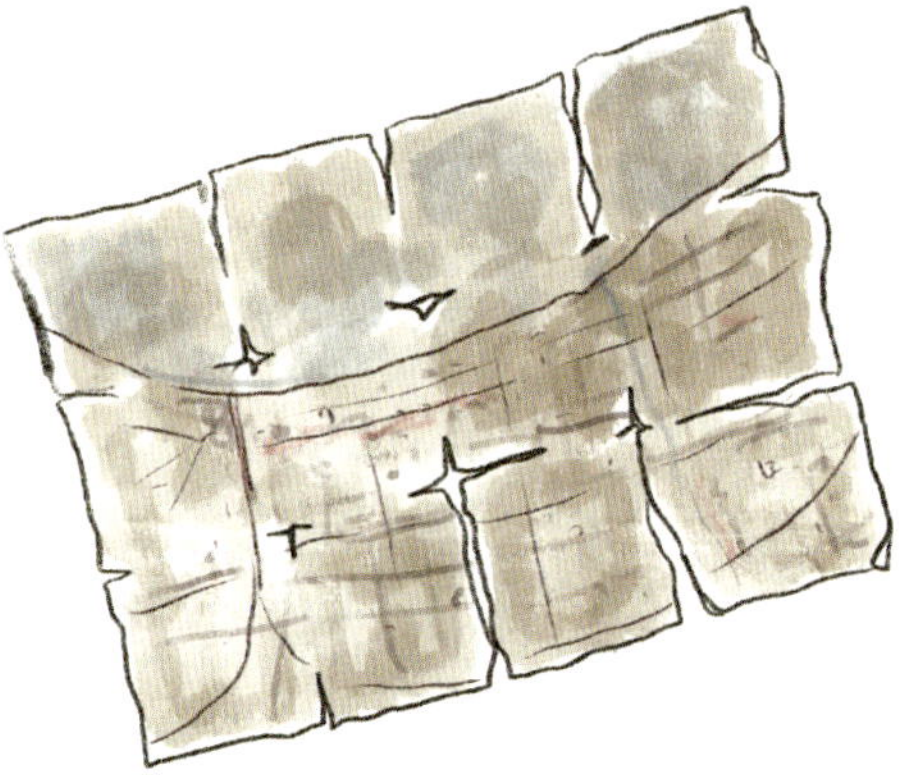

味があったので弘前の古地図もついでに購入。特別高くもなく、かといって決して安くもないお値段でした。
で、これも壁に貼りたかったんですが、なにせ紙の傷みが激しく、なかなか厳しい。古い巨大な一枚紙なので、折り目が劣化してしまい、かなり破れちゃっているのである。丁寧に丁寧に開いてみたものの、とても壁に貼れるものではない。どうしたかというと……ものすごく地道な作業をして、部分部分でスキャンをし、パソコンに取り込んで合成したのでした。古地図はもはや私のｉＰａｄの中に入ったのだ。ボロボロの古地図と最先端（でもないけど）ＩＴ技術のマリアージュ。できれば再印刷してやっぱり壁に貼りたいのですが、それは次の夢。

（2023年3月9日付）

△ 亜希のとんかつ、おいしかったなぁ。今は閉店してしまった

コラム　黒石チョコレートコラム

青森県のことをよく知らない人は、漠然と青森県を青森県全体として捉えているので、青森の方言を「青森弁」などと呼びます。しかし、青森の人に「青森弁」と言うと、鼻で笑われたり少し悲しい顔をされたりすると思います。私もすっかりそういう心構えになってしまっています。

だって、青森弁なんてものは、ないんだから!

青森県の方言は、おおむね県の西側で話される津軽弁と、おおむね県の南東部で話される南部弁と、県の北東部・下北半島で話される下北弁と、ざっくり3つに分けられます。じゃあこの3つを合わせて青森弁でいいじゃないかと思われるかもしれませんが、この中でも津軽弁は突出して特徴的なのです（南部弁と下北弁は互いに似ていると言われ、下北弁を南部弁の一種ととらえることもあるらしい）。

出自の違う人間（私も）からすれば、特に高齢の方の津軽弁は非常に難解で、単語一つすら聞き取れず、まるっきり外国語に思えることもあります。若い世代ではさすがに聞き取れないレベルの人は少ないですが、それでも他の地方と比べると別格に思えます。

だからこそ津軽の人は、コンプレックスもあればプライドもある。簡単に「青森弁」とまとめてほしくない、という気持ちがある。

私も、正直言うと、南部・下北と比べれば、津軽びいきです。このコラムでも、青森・弘前に次いで取り上げるのは青森県第二の街・八戸ではなく、津軽にある比較的小さな街、黒石です。

青森・弘前に比べれば、黒石という街はどうしても知名度では劣ります。津軽の中では、たぶん五所川原にもかなわない（だって、なんか五所川原って、名前が強いじゃないですか）。

でも、青森県って本当に市町村のキャラが立っている県なので、もちろん黒石にも観光の要素は豊富です。祭なら「黒石よされ」は阿波踊り・郡上踊りと並ぶ「日本三大流し踊り」らしいし、「黒石ねぷた」もあります。温泉なら、湯治場にもなっている温湯温泉があり、食なら、観光りんご園もあれば「つゆ焼きそば」というB級グルメもあり、おみやげなら、「津軽こけし館」で新旧いろいろなこけしを選ぶことができます。

しかし、私の黒石での目的は、第一に、やっぱり喫茶店なのである。

黒石の街には「こみせ」があります。「こみせ」は、新潟で言う「雁木《がんぎ》」とほぼ同じ。雪の多い地方で歩道を覆う、屋根の部分です。一時期に比べればかなり減ってしまったらしいけど、黒石の中町というところの周辺にはまだ残っています。この木造の「こみせ」を含めた街並み、たいへんにすばらしい。大正時代に建てられた火の見櫓、「處方調劑（処方調剤）」と壁面に書かれた、昔の映画館のように荘重な薬局の建物、杉玉を吊した巨大な木造の酒屋など、すばらしい建物の連続。

こみせの軒下には、子供達が図工で作ったと思われる、将来の夢を豪快に筆で書いた行《あん》灯《どん》がたくさん吊されています。ユーチューバーになる。お、今っぽいね。農家になりたい。お家を継ぐのかな。大した決意だね。

そんな景色を見ながら、ちょっと遠回りして、「みらぼお」にたどりつきましょう。

黒石といえば、まず「みらぼお」なのです。「みらぼお」が入っているのは、縦割りの三軒長屋の建物。右からペットショップ、喫茶店、喫茶店。ん？　喫茶店を2回言いましたか？　そうです、これで合ってます。

このささやかな街の同じ長屋のなかに、喫茶店が2軒も入っているんです。こんな街、まんず見たことないよ。

まず右のペットショップの話から。こちらの「魚園」は、木枠の引き戸が非常にいい味を出しています。いまどきなかなかこんな歴史を感じるペットショップはないでしょう。「かわいい猫にミミー」と書かれた、あまりかわいくない猫が描かれた什器が気になります。有名な「ビタワン（ドッグフード）」の姉妹品のキャットフードで、こういうものがかつてあったらしい。

左の喫茶店は「みのや」。地面置きの看板には「のむんだったら萬國コーヒー」という広告ロゴがあり、エメラルドグリーンのテントひさしの下にガラス窓、そして長いレースカーテン。非常によいですね。

私は「みのや」にも入ったことがあります。みのやの店内は、お店の人が作ったと思われる人形やら紙細工やらうちわやらで壁がマメに飾り付けてあり、入り口そばにはなぜか「よされ」と書かれた肩出しのドレス（？）を着たマネキンが艶っぽく控えていて、なかなかカオスです。近所のおばあさんがソファーに足を投げ出すように座って、雑誌を読みながらお店の人と大きな声で（もちろん津軽弁バリバリで）話している店内。これはこれで地元感100％で超最高。

さて、まんなかの「みらぼお」。センターにふさわしい、品を備えた、目の前にするとこちらの気が引き締まるようなすばらしい店構えです。袖看板には、黄色地に茶色く細い字で「みらぼお」。地面置き看板にも同じ字で「みらぼお」、その上に「純喫茶」とある。正面から見て右側には茶色のテントひさし、その下は大きなすりガラス。左側の入り口上部には、黒い木を「みらぼお」という字に彫り抜いた看板が掛かっている。とってもシックで、雪が似合うしんとした佇まいです。

ドアを押して入ろうとすると、このドアもまた芸術品のよう。見たこともない柄のデザインガラスがはめられています。

そんなに広くない店内も隅から隅まで整って見えるけれど、純喫茶と言ってイメージされる飴色の雰囲気とはまた違う、独特のどこか無機質な感じもあります。テーブルは真っ黒。

私が好きなのは、窓際席です。レースカーテンを通してやわらかい光が入り、縦に長い店内の奥が少し見渡せます。ここで、雪が降り積もる無音のお昼に読書をしたい。

メニューは手書き。几帳面に小さく細かくレタリングされた文字が並んでいて、これ自体が作品のようですが、しかし値段の描き直しも多くて、そこには乱調もある。歴史を感じます。

メニューの裏には、やはり非常に几帳面に上下の揃った字でアポリネール（堀口大學・訳）の詩「ミラボオ橋」が載っています。これが店名の由来か。

ミラボオ橋の下をセーヌ河が流れ
われらの恋が流れる

わたしは思い出す
悩みの後には楽しみが来ると
日は暮れて鐘が鳴る
月日は流れ私は残る

……

えーと、改めてメニューの中身を見ましょうか。なんと、タピオカという文字も見えて驚きます。いや、これはここ数年の流行で取り入れたものではないね。なにせ、「キャッサバという木の根から採るでんぷんです／パール状のプルンプルンした口当りをお楽しみ下さい」と丁寧な解説が書いてあるんですから。タピオカココナツミルクを頼むと、最近流行った黒くて大きなタピオカではなく、小粒で白いものがココナツミルクに入って出てきて、そのうえにアイスが載っています。白いタピオカもおいしいよ。

さて、今までせっかくチョコで揃えてきたんだから、チョコレートホットケーキもたのみましょう。

型で作ったとっても綺麗な円形のホットケーキが2枚、縦にぴったり積まれて登場します。上にバターが載り、チョコレートソースがたっぷりかかっています。上から流れ落ちたチョコレートが、断面に、じわじわとしみこんでいます。

ホットケーキの上をチョコレートが流れ
われらの恋が流れる
わたしは思い出す
甘みの後には楽しみが来ると
日は暮れて雪が降る
月日は流れ私は残る
……

雪の黒石で、しっとりと詩をホットケーキにしみ込ませて。長居しましょうよ。

できればこのまま残ってほしい五所川原のバスセンター △
できればこのまま残ってほしい弘南鉄道の中央弘前駅 ▽

買ったもの――㉞

ホタテのためのソース

これを私は書くべきか迷うな〜。これを書いたら県民の意識がド派手に変わっちゃうかもしれない。青森県の歴史の転換点を私が作ってしまうかもしれない。でも、書く。

ここでも何度か話題に出した、ホタテ。おなじみすぎるほどおなじみのアイツをお刺身で食べるなら、みなさんは何をつけて食べますか。

醤油《しょうゆ》ですか。そうですよね。私もそうでした。あえてカルパッチョにしてみました、みたいなことでもない限り、お刺身には醤油。分かります。

ただ、私は一つ大きな選択肢を知ってしまったんだよ。

私はこのことを、これまたここで何回か登場した、服屋さんの某氏に教えてもらっちゃったのだ。青森生まれ青森育ち、生粋の青森人である彼が、ホタテという比較的保守的な食材についてこんな革新的なことを言ってくるんだから油断ならない。

ホタテには、トリュフソースがうまい、のだと。

トリュフだ？　そんなお高いもの買えません、退散退散、とおっしゃらないで。少々お待ちください。

あんまり特定商品の宣伝っぽくなるのもどうかと思うのですごく分かりづらく説明しますが、これ、青森駅の隣の某駅ビルの中の、ナントカっちゅうコーヒー豆とかオシャレな食材とか売ってるお店に、ちょこんと売ってんですよ。驚くなかれ、トリュフと名乗りながら５００円でおつりが来る。棚に並ぶほかのドレッシングやソース類より全然安かったりする。

私は半信半疑でそれを買い、ホタテをさばいてかけて食べて、電撃的悟りを得た。もうホタテにはこれ以外ないでしょ、くらいのときめき。

→こんな
ニクい奴。
ほんと
おいしいのよ〜

こういう珍しいソースって、最初だけは楽しむけど結局使い切らない、ってことが私にはよくあるんだけど、これについてはホタテにかけるだけで1本使い切り、2本目に突入した。

言われなかったら手に取らなかったよ。何に使うか分かんないし。公式には「パスタ、オムレツ、ポテト等にかけてお召し上がりください」って書いてある。この子、自分でも気づいてないのよ、自分の魅力に。アンタ、ホタテにかけたらいちばん輝くのよ！

……ああ、ついにこのことを書いてしまった。これで県民にホタテ革命が起こっちゃうかもしれない。歴史を変えたらごめんなさい。

私にこれを教えてくれた前出の某氏は家で使うだけじゃ飽き足らず、持ち歩き、外食先で颯爽と取り出してひそかにかけたりしている。青森県民がみんなこんなふうになったらさすがにどうかと思う。

（2023年3月23日付）

買ったもの――㉟

花こがね

前回紹介した某商品、ちょっとだけ分かりづらく紹介したつもりだけど、駅ビルの某店でけっこうな売れ方をしたみたい。いいことなのか悪いことなのか……でも、こうなったらこの際、調子に乗ってもう1件書いてみたいことがある。

あくまでもここは商品宣伝の場所ではありません。私が皆様に伝えたいことを書いているだけですよ！

八戸あたりでおみやげを買うとしたら「なかよし」を買う人は多いと思います。ええ、今回はもうごまかしようがないので商品名もバッチリ書きます。「チーズとイカのハーモニー」でおなじみ、チーズとイカが仲良くなった、花万食品の「なかよし」ですよ。なかよし、おいしいよね。私も大好き。八戸のおみやげの定番だと思ってます。ただ、あくまでも主観ですけど、花万食品の中でなかよしを超える逸材なのになかなか売っていない代物がある。

これも惜しげもなく商品名書いちゃうね。「花こがね」。

イカとチーズでコンビを組まず、イカが単独でがんばってるほうですよ。知られてないんだよなあ。

私は以前に、八戸の人に八戸を案内してもらい、朝市を楽しんで、種差海岸に行き、仕上げに八食センターに連れて行ってもらったところで「ここなら花こがね売ってますかね?」って聞いたら、「なんですか、それ?」と言われてしまったことがある（ちなみにちゃんと売ってました）。

観光案内してくれた市民でも知らないのよ！　花こがねはもっと知られたほうがいい！

個包装で
真空パックに
なってます。

このイカのキャラに
名前はあるのかな？

花こがねは、イカが長方形に切ってあって、絶妙な味付けをしてある、それだけのおつまみ的なお菓子。それだけなのに、ものすごくおいしい。歯ごたえもいい。イカ料理でいちばん好きだと言ってもいい（これを料理と呼ぶかは別として）。「花こがね」という名前から全くイカを想像できないのもいい。味付け加工によって黄金色になっているから花こがねなのかな。なんて風雅な命名でしょう。

ところがこれが、花万さんの中で、なぜかさほど推されてない。一般的な取り揃《そろ》えのおみやげ屋だと、ソロで置いてあるところはほぼ皆無。まれに「いか三昧《ざんまい》」として、なかよし・花万焼するめ・花こがねが３つセットになったものを売っているけど、これもなかよしが６つ入っているのに対して花こがねはＳＳサイズという一回り小さいものが２個入っているだけ。んもう、足りないよ！　もっと！　もっと花こがねを売って！

ということで、前回に続いて私が全力で推していきたい隠れたグルメをただ紹介した回となりました。また次回。

（2023年4月13日付）

買ったもの――㊱

深浦の写真

最近、五所川原で友人のＮｕｍａｒｉさんが初めて写真の個展をすると聞いたのですが、スケジュールを見ると、どうしても会期中に青森に滞在するのが難しそう。あきらめかけていたのだが、ネット上で会場の様子を見ていると、どうしても行きたくなってしまった。

1日だけ空いていたある日曜。私は勢いで、東京から日帰りで行くことを決めた。日帰りならスケジュールもどうにかなる。

東京⇕五所川原となると、日帰りは厳しいかな……と思いつつ調べてみたら、意外とイケそうなのだ。近いじゃん、五所川原。

なお、私は車の運転ができません。すべて公共交通機関で向かいます。

まず午前9時台、東京発の新幹線で新青森へ。新青森到着6分後、駅の南口に五所川原行きのバスが来る予定。しかし、なんと強風で新幹線が4分遅れ、いきなり大ピンチ。これを逃すとバスは1時間後だ。新青森に着き、駅構内を猛ダッシュ！　バスのほうも数分遅れていたおかげで、運よくギリギリセーフ。

そこから小一時間ほど路線バスに揺られ、一山越えて五所川原市内へ。都内ではとっくに散った桜が小川のほとりに満開だ。そんないい景色を見ながら、ギャラリーカフェ「ふゆめ堂」へ。在廊していたNumariさんにも会え、巨大な猫の写真に見つめられながら、青森ウエストコースト（鰺ケ沢や深浦の海岸）の、無機質だけど何か言いたげな、砂や水や枯れ木や石などの写真を十分に眺める。最高の空間だ。来てよかった。

ふゆめ堂でお昼ご飯もいただいて2時間ほど滞在し、ぼちぼちおいとま。隣の市立図書館を冷やかし、市民体育館や市営球場の古い建築に感激し、のどかな裏道を通ってバ

写真作品そのものを
描くのは野暮ですので

ギャラリーの
近所の、
とてもオシャレな
市営球場を
描いておきます

三角屋根がステキ!!

ス通りへ。東京仕様の服で凍《こご》えながらバスを待ち、16時台にバスに乗り込んでまたのんびり新青森へ向かう。しかしこのバスは乗った時点で10分遅れていた。新青森では乗り換えのために20分くらいしか余裕がなく、ヒヤヒヤである。

結局バスは鶴ケ坂あたりの山道でだいぶ追い上げ、新青森ではわりと時間に余裕を持って乗り換えができた。17時台の新幹線に乗り、東京の自宅に着いたのは21時過ぎ。五所川原滞在約2時間半を挟み、東京の家を出てから帰るまで、正味12時間半。始発で行って終電で帰るほどの無茶《むちゃ》さではない。全然イケる！　日帰りできるぜ五所川原！あ、ショッピン・イン・アオモリとしては、買った物も言わなきゃね。深浦の海岸にぽかんと立つ、何か言いたげなまんまるの電灯の写真作品を買いました。東京の家に飾りますよ。これでうちも青森ウエストコースト。

（2023年4月27日付）

買ったもの――37 卓球のラケット一式

少し前に、弘前の友人男子K氏と卓球をやるために卓球用シューズを買った、という話を書いた。

私は卓球部員（中学時代）の中での底辺レベル、友人K氏は運動神経抜群だけど卓球未経験。ということで、チャレンジャー精神で立ち向かってくる彼に対し、私がコテンパンにするほどでもなく、少しヒヤッとしつつも勝てるというバランス。卓球以外のほとんどのスポーツで惨憺《さんたん》たる結果を残す私もいい気分になれるし、純粋にスポーツを楽しむ彼もいい具合に挑戦意欲をかき立てられるし、ウィンウィンなのだ。

それ以来、弘前のK氏に会うときは「卓球やる？」という話になってしまう。私にとって弘前はもはや卓球の街！

さて、今年もさくらまつりの時期に合わせて、また弘前で飲もうかという話になったのだけど、お目当ての飲み屋の予約が取れなかった。そして温暖化のせいか、行く予定の日には桜はすっかり散りそうだ。じゃあ……「卓球でもやる？」となるよね。

こうなったら私は自分用のラケットを買ってもいいんじゃないかな。体育館で借りるラケットって、やっぱり元部員としては不満なのよ。ラバー（表面）がカサカサで回転かけづらいし。

で、例によってゼビオに行き、ラケット本体（木の部分）と、ラバーをそれぞれ選んで購入。もちろんブランドは当時から私が好きだったバタフライ。

ラケットはコルベルというものをセレクト。チェコの選手のモデルだそうで、選手は知らないけど（すみません）デザインと価格で決めた。ラバーは当時から大好きだったタキネスという高粘着度のものと、スレイバーというもの。

私が中学生だった頃、クリーナー
（どう使うかは部員のみぞ知る）は

こんなカワイイデザインだった。
たぶん今は廃盤。

途中から話についていけない方、すみません。私は県内数万人の卓球経験者のためだけに書いてます。

ラケットだけ買ってもダメなのだ。ラバーとラケットをくっつける専用接着剤！ 接着剤を塗布するスポンジ！ ラバー表面を拭くためのクリーナー！ そのためのスポンジ！ ラバーを保護するフィルム！ そしてこれらを入れるケース！ ……は〜（一気にまくし立てて、溜め息）。ここまで買って、やっと最低限の卓球部員である。しめて2万円弱。中学生にとっては痛い出費どころか、親に頼らないと厳しい額だ。しかし、大人の私は一気に買えてしまうのだ。恐ろしいこっちゃ、世の中カネじゃ。

この話、続く。

（2023年5月11日付）

買ったもの――㊳

おでんと嶽きみ天ぷら

K氏との対戦が定期イベントになりそうなので、卓球セット一式を購入した私。

まず、ラケット（木部）とラバーの接着作業を某体育館の隅のちょっとしたスペースで無理やり仕上げた。こんなことをするのも中学生以来で、プロセスを全く覚えていないが、今は何をするにもお手本がＹｏｕＴｕｂｅに落ちている。ありがたい。体育館の隅でスマホで動画を見ながらちまちまと準備作業をしていると、中学生に戻ったような気がする。当時スマホなんかなかったけれど。

そして、私は勇んでK氏との再戦に挑んだ。彼は体育館にある借り物のラケットを使っているので、もともと私のほうがちょっとうまいのに、力にかなり差がついてしまった。不公平にもほどがあるので、途中でラケットの交換をした。それでもさすがに元卓球部のプライドがあり、どうにか勝てた。もう一試合やろう。勝った。よかった。

……ちょっと飽きた。

Ｎｕｍａｒｉさん（前々回登場）はさっきからカメラマン役として写真を撮ってくれている。Ｎｕｍａｒｉさんも卓球やらない？　え、卓球はやだ？　じゃあバスケにする？

Ｋ氏はいま、実は卓球よりもバスケットボールに夢中なのだ。一人で体育館を借りて、一人で練習しているほど。

運動神経皆無の私、当然バスケはヘタクソでドリブルもままならないのだが、その場の勢いで3人でバスケ（というか、ドリブルシュートの練習）をすることになった。

おそらく中学生以来30年ぶりにやるバスケ。悲惨な結果になるかと思ったら、なぜか、当時より少しうまくなっている気がした。ドリブルで一応前に進めたり、ごくたまにシュートが入ったりする。

名物の黒こんにゃくも
食べました。

3人しかいないから試合はできないけれど、ドリブルしてシュートするだけで、ヘタでも楽しい。当然卓球より運動量は多い。あー、息が切れる。さすがに疲れたね。もう夕方だ。せっかくだから夜はさくらまつりにも一応行ってみようか。

こうして、その後私たちは弘前のさくらまつりに繰り出し、桜は完全に散った中でなんと誰もお酒を一滴も飲まず、ただただぶらついて、夜店のおでんや嶽きみ天ぷらを買い食いし、帰りました。

昼から集まり、スポーツ用品店に行って、卓球やってバスケやって、いい汗かいて、さくらまつりに行っておやつを買い食いして帰る。すごい休日だ。完全に中学生だ。

全員40代なのに、まさかこんなことができるとは思わなかった。こんな感じでも意外と生きていける。

（2023年5月25日付）

買ったもの——㊴

銀行印

印鑑受難の時代だ。日本の「重要書類には必ず印鑑」という文化が、テレワーク時代になって一層、無駄、無意味、非効率、と叩《たた》かれている。分かるよ。一理ある。

でも、そのことは一旦忘《いったん》れて……、私は印鑑が大好きだ。ペッタン！ ときれいに〝捺《お》さささる〟気持ちよさはサインには代えられない。

で、あるとき、青森市中心部にある某印鑑屋さんがおもしろいという噂《うわさ》を聞き、ぜひそこで青森製（？）の印鑑を作ってみたいと思ったのだ。

印鑑屋さんがおもしろい、とは。人生で印鑑専門店に行ったのは数えるほどだ。行ってみないと分からないこともある。

お店に入ってみると、小さな店内に、値段は実にピンキリでいろいろな印材が並んでいる。というか、印鑑の軸の部分って「印材」と呼ぶんですね。知らなかった。

商品についてご主人に聞いていると、ご主人は内心乗ってきたみたいで「こんなものもある……」と、雑然とした部屋の一角からなにやら厳《いか》めしい箱を取り出した。しかし、箱を開けながら自信なさげに「中国から仕入れてみたけど、こんなもの使えない……キーホルダーか何かにするしかない……」とつぶやく。

それを見せてもらって、私はびっくりしたよ。

象牙風の素材（もちろん実際の象牙ではない）で、長さも太さもまちまち。短いものが多く、確かにお店には並べづらいかもしれない。しかし、軸に、中華調のすてきな絵が彫ってある！

麻雀牌《マージャンパイ》みたい、といったら伝わるだろうか。表面を筋状に彫り、そこに黒・赤・金・銀の絵の具を流し込む方法でいろいろな絵が描かれている。とてもオシャレ。

この象牙風の素材
何て名前
なんだろう…？

「キーホルダーはもったいない！　これにしてください！」

私は迷いもせずこの印材で印鑑を作ることにした。さまざまな絵柄が並ぶ中から異なる鶴の絵柄を2つ選び、贅沢《ぜいたく》に上の名前と下の名前で2本作ってもらうことにする。

「こんなのもある……」

私が購入を決めると、ご主人はさらに乗ってきて、また遠慮がちに謎の箱を出してきた。そこには、小さな小さな黄色い巾着袋が大量に。これこそ、なんで仕入れたのか分からない一品だ。ご主人はとにかくいろいろ仕入れがちのようだ。勢いで仕入れるけれど、売るのをためらうご主人、どこかかわいい。

この短い軸で印鑑を作るんだから、この袋もケースにちょうどいいじゃない。

こうして私は、危うく謎のキーホルダーにされそうだった印材を救った。印影は、さすが専門店、もちろん手彫り。個性があってステキです。この印鑑は実際に銀行印として活躍しております。


（2023年6月8日付）

買ったもの——㊵

こぎん刺しの印鑑ケース

印鑑の件の続きなのだが。

新町の印鑑屋さんで、すばらしい印鑑を作った際、私はそのお店が用意してくれた謎の小さな黄色い巾着袋をとりあえずの印鑑ケースとした。

が、正直、そのケースに満足はしていなかった。

印鑑はやっぱり、縦長の、つぶれた円筒形の、留め金でパチンと止まる印鑑ケースに入れたい。私は、印鑑が好きなのである。ちゃんとしたケースに入れて、大事にしたいのである！

しかし、印鑑ケースのようなものは、印鑑専門店以外ではどこに売ってるかわからない。

いや、文具店とか、百均にはある、それは知ってる。でも、たいがい単色のプラスチック製の、面白みのないやつなのだ。せっかく凝って作った印鑑なんだから、それに付随するものだって愛せる小物にしたいじゃない。なんなら、私は印鑑ケースみたいなものにまで「青森らしさ」を求めているよ。ちょっとそれは無茶な願いなのか。「青森っぽい印鑑ケース」だなんて、そんな都合のいいものが……。

あった。

私はこのコラムで、比較的古くからやっているお店での買い物を書くことが多いけれど、郊外のオシャレな雑貨屋さん、たとえば青森市自由ケ丘のエフ・ビヨンドみたいなお店だってちゃんと好きなのである。印鑑を作った数日後のあるとき、友達といっしょにエフ・ビヨンドに行ったら、そこにまさかまさかのかわいい印鑑ケースがあったのだ。

出逢い！　めぐり逢い！

こういうのって、出逢いなんですよね〜。痺れを切らして「こんなもんでいいか」ってものを買ってしまうと出逢えない。もう少しいいのが見つかるのを待ちたい、ってと

すてきでしょう
タテに2つ入ることはなかなかない。
スポンジかませてます。

きに起こるのがモノとのすばらしい出逢い。

そこには、こぎん刺しの印鑑ケースというものがあったのである。予想以上に「青森なもの」が存在した。

しかも、こぎん刺し自体は長い歴史を持つ技術なのに、こちらの商品はミントグリーンと白の2色で構成されており、アーガイル風の柄で、たいへんモダンでオシャレになっております。

迷うこともなかった。私は即断で購入した。

ところで前回述べたように、私は名字と下の名で、印鑑を2本作っていた。この2本は軸がかなり短め、印鑑ケースはやや作りが長め。したがって、ケースには見事に2本入るのだ。なんとおあつらえ向きな！

ということで、この上なく「青森な印鑑セット」を私は備え、満足しております。これで「青森な朱肉」まであれば完璧なのだが……まだ出逢えていません。

（2023年6月22日付）

買ったもの―― ㊶

ＵＳＢケーブル

パソコン関係のケーブルが１本必要になった。

契約しているポータブルＷｉ－Ｆｉの機器がメーカー側の都合で変わったのだが、送られてきた付属のＵＳＢケーブルが短くて充電に不便だった……という、とても説明がめんどくさい理由で、ケーブルがたった１本だけ必要になってしまった。

たとえば、こういうケーブルが１本足りません、というとき、確実にこういう商品を売っているお店となると、家電量販店しかない。家電量販店って、どこの街でもだいたい郊外にあるものだ。巨大な駐車場があって、車で来るのが前提。青森市の中心部に住み、自転車という手段しかない私からすれば、どの店を目指しても遠い。

通販？　んー、まあそれもあるよね。でも通販ってどうがんばっても、注文して1日はかかるでしょ。仕事のためにすぐにでも欲しい、という気分になっちゃったらもう誰も私を止められないのさ。

確実にケーブルを売ってそうなところ……市内では環状バイパス近くのヤマダ電機かなあ。いっちょ行くか。

私は青森市内を自転車でうろつくことについてはだいぶ上級者になったと思う。特に、鉄道を越える跨線橋《こせんきょう》をなるべく避ける、という点においてはかなり研究した。急坂をのぼるの嫌なんだもん。

青森市ローカルの話で恐縮ですが、市の中心部から南側に向かうとき、跨線橋やトンネルなどの急坂を避けられる主要なルートはたった2つなのだ（筒井以東は除く）。浪館通りの踏切と、観光通りの跨線橋の下にある八甲田踏切。幸い、ヤマダ電機は観光通り沿いにあるから、坂をのぼらずに八甲田踏切を越え、ひたすら進めば着く。

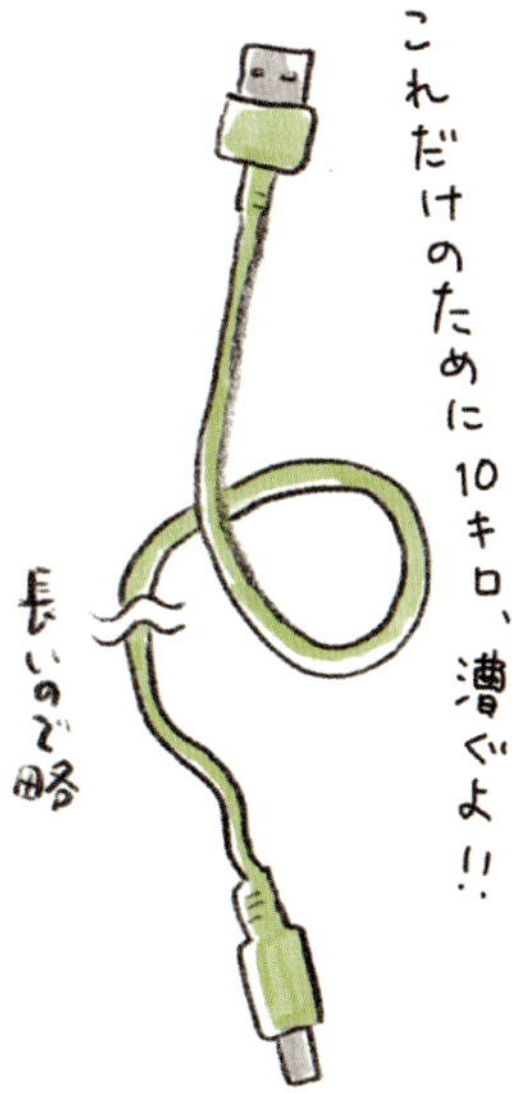
これだけのために10キロ、漕ぐよ!!
長いので略

とはいえ、このヤマダ電機だってうちから約5キロある。自転車でも30分ほどかかる。この日は14時にリモート打ち合わせがあったので、それまでにケーブルを買い、帰ってこないといけない。迷っているヒマはない、すぐに自転車にまたがって爆走だ。ひたすらペダルを漕《こ》いで平たい道のりを進み、5キロ。店に着き、ケーブルをたった1本だけ買って、また自転車にまたがり、ハアハア、おんなじ道をまた戻って、踏切越えて、また5キロ。疲れた。

ケーブル1本のために自転車を約1時間。ちょっとした買い物でこんなに運動できた。いい街だ。

いや、これはさすがに強がりだ。もう少し近くに……電機店がほしいです……。

私は基本的に「青森はいい街だよ」という方向性でこの本を書いてるけど、それは、いついかなる時も便利という意味ではないのだ。もう少し便利になってほしい部分もある！

（2023年7月13日付）

買ったもの——㊷

1個売りのいのちとりんごスティック

久しぶりに食べものの話を書く。罪深きものの話を。

私のルーツは北海道なので、子供の頃はよく居間のテーブルの上に「白い恋人」や六花亭のお菓子などが載っていたもんです。

当たり前のように書きましたが、これは他県民には少し珍しいことのよう。各県それぞれ銘菓があるけれど、東京の子供がよく「東京ばな奈」を食べるのか、名古屋の子供が頻繁にういろうを食べるのかというと、食べなさそうな気がする(たぶん。推測です)。しかし、道民はおみやげとして愛される有名な北海道のお菓子を、子供が日常的にも食べるのだ。大好きなのである（私の周りはね）。

では青森県民はどうか。私は残念ながら子供時代を青森で過ごしていないのでわからない。しかし、私がいま子供として青森にいたら、かなり求めちゃうと思うんですよ。本当は「子供として」なんて仮定の話をするまでもないのだ。少し照れが出た。本当は、40代の今まさに、かなり食べてます。私は和菓子より断然洋菓子派である。青森はりんごを使ったステキな洋菓子系銘菓が多いじゃない。おみやげとして愛されるあの子たちを、わりと日常的に食べてしまう。

といっても、自分のためにラグノオの「パティシエのりんごスティック」を箱買いする、ということはない。家には常備していない。じゃあどこで食べるのかというと……駅や空港である。

駅や空港に、「いのち」や「りんごスティック」が百〜二百円程度で1個売りしているのである。困る。あの売り方は困る！

今年の夏は調整がうまくいかなくて、青森に住んでいる間にも東京での仕事が全然減

ボクたち　おいしいよ…
安いよ…
150
230
※値段の記憶はあいまいです

らせず、かなり頻繁に東京と青森を往復している。となると当然、駅や空港に立ち寄る機会が多い。私がいちばん罠《わな》を感じるのは、青森空港で荷物チェックを終えた先の、搭乗する直前の待合スペースにある小さな売店である。あそこを通りかかると、店先のいちばん取りやすい場所に「いのち」や「りんごスティック」が個包装でちょこんと待ってるの。やつらがかわいい顔して見てくるの。僕たち安いよ! みたいな顔してるの。

気分的にもさあ、「東京行くのちょっとめんどいなあ。疲れるなあ」ってときに目の前に来られると、私はすぐ自分にごほうびあげたくなっちゃう。1個ならいいよね? って思う。彼らはそういう私の心のスキマに忍び込む。

新幹線のホームにもこれがあったらもっと食べる頻度が増えて困るので、そんな売り場を作るのはやめてください。絶対にやめてくださいね。やめてくださいね!

(2023年7月27日付)

買ったもの――㊸

焼き鳥

この原稿はねぶた祭の最中に書いております。

そういえば、この本でねぶたについて触れたことはまだなかったのでした。過去のぶんを「ねぶた」で検索してみても、「ねぶた漬」について書いたことしかなかった……。

もう2年近くも青森の話を書いてきて、一度もねぶたに触れてこなかったというのもなかなか稀《まれ》なのではないか。

というのも、私は、ねぶたにかかわる買い物をほとんどしていないのである。

いいえ、私も青森市民の端くれですので（一時的居住者なので本当に端くれです）、ねぶたは大好きなんですよ。端くれでも、一人前にじゃわめいたりはしてるんですよ。でも、ねぶたにかかわる買い物というと……なんだろう？　何かあったっけ？

私はコロナ前に一度、そしてコロナ後に今年を含めて二度ねぶたを観ただけの初心者オブ初心者ですので、跳ねたことはない。当然、跳人《はねと》の衣装を買ったことも、鳴り物類を買ったこともありません。

ねぶたは参加してなんぼでしょ！　跳ねなきゃ！　とおっしゃりたい皆さまの気持ちも分かりますが、まあ少々お待ちください。ねぶたの時期、私には大事な役目というものもあるんですよ。

私にはここ数年、「一度ねぶたを見てみたい」という東京の友人・知人の案内役やホテル役を務めるという重要任務に携わっているのです。

私は身内の中では青森の宣伝部長みたいになっちゃってるもんで、酷暑に苦しむ関東以南の民に対して「青森涼しいよ〜、夏は青森に来たらいいよ〜」と、常にサブリミナル的勧誘活動をしております（余談ですが、だからこそ、今年は青森まで極端な猛暑に

野菜串(肉巻)が
おいしいの

なっていて、非常に困る！）。すると、そんな私に誘われて、青森に涼みに行きがてら、ねぶたを見たい、という人が私の狭い交友関係の中に爆増し、ねぶた期間中に青森市内の狭い我が家に泊まって楽しんでゆくのが恒例となりつつあります。だから当日は、コースがここで、ここの交差点がオススメで……と、自分も初心者のくせにガイドのふりをして帯同せねばならないのです。

もちろん、最後に海上運行と花火を眺めるところまでやりきります。だから、今年はすでに某大好きな焼き鳥屋さんに行って、当日の友人の分までお持ち帰りセットの予約をしておきました。フィナーレは、東京から来た友達とおいしい焼き鳥をほおばりながら鑑賞する予定です。

だから、ねぶたに関する私の買い物は、「焼き鳥」となります。ああ、今年ももうねぶたも終わりだねえ。

（2023年8月10日付）

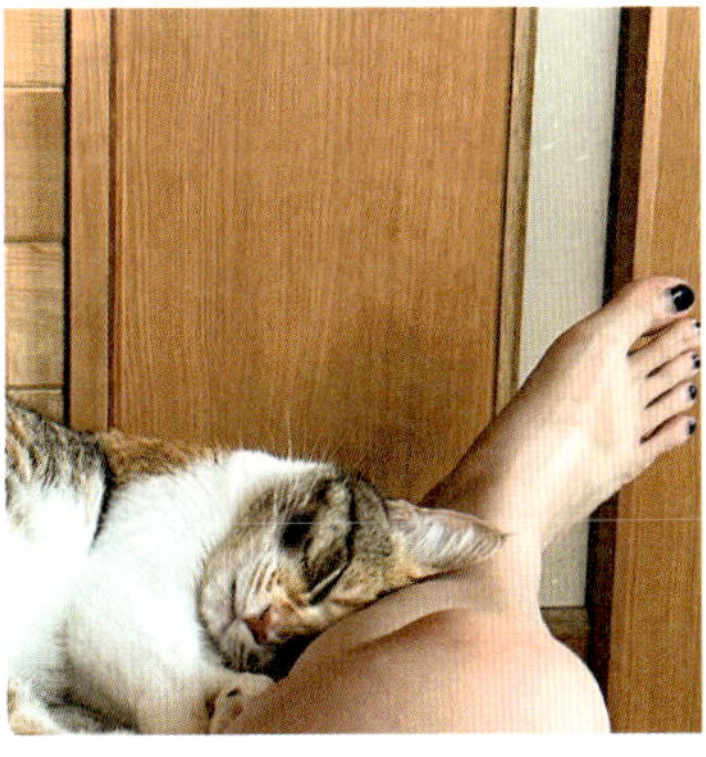

あとがき

去年の東京〜青森の行き帰りは、実は大変だった。去年でもう3回目になり、小町（我が娘、愛猫）はどんどん新幹線移動に慣れるかと思ったのに、逆にどんどん苦手になっているようなのだ。

ただでさえ猫は移動が苦手だというけれど、新幹線の轟音や人の多さのせいなのか、去年の青森行きの時も東京行きの時も、車内でニャーウ、ニャーウ、と不安げに泣き続けたすえ、しまいには口が開きっぱなしになって犬のようにハッハッハッと荒い呼吸をしはじめ、これは完全に異常事態。本当に死んでしまうんじゃないかとこちらの動悸も高まったが、クレート（持ち運び用のケージ）から出した途端にパニックでどこかにピョンピョン逃げていくだろうから開けるわけにもいかない。猫も飼い主も嘔吐しそうな気分で3時間強の新幹線を往復ともに過ごしたのだった（家にさえ着いてしまえば、ウソのようにケロッとし、その後も特に異状はないのだが）。

そんなことがあったため、今夏の青森滞在は無理かもしれない……とずっと思い悩んでいたのだが、無事に青森にやってくることができた。

私は対策を練ったのだ。獣医さんにも相談し、軽めの安定剤のようなお薬をもらい、さらに小町が新幹線に乗ったことに気づかぬよう持ち運びケージを小さいものにしてふろしきでゆるめに包むなど、様々に対策した結果、去年のパニックがウソだったかのように小町は大人しいまま移動を耐えた。いやはやいやはや。ごめんね、お母さんのわがままにつきあわせて……。

そんなこんなで夏の青森暮らしも4回目。私は青森の居心地がどんどん良くなってしまっている。当初は「避暑」という大きな目的があったのだが、去年は異常気象で全然避暑らしくならなかったし、今年もけっこう暑い。でも、こっちにいることが気持ちいい。この文章を書いているさなかは、夏も終わりかけ。このままずっと青森に住んじゃおうかなー……と夢想もする。

でも、青森がいいなと思うのは東京という逃げ場を持ってるからであり、東京でも何とかなってるのは青森という逃げ場があるからであり、この状況だからいいんだろうな、とも思う。この均衡が崩れる可能性はたくさんあって、家族のことや猫のこと、ちょっとしたことで簡単に両立しなくなってしまう。今の状態は客観的にはそうとう幸せな部類なのだ。

みなさまも、場所じゃなくても、状況でも、依存する人でもなんでもいいから、逃げ場を持ちましょうね。逃げ場があるって、いいことよ。

青森に来る限り、買いものは続く。そして、この連載も幸い、まだ続いている。もし2巻が出るならそちらでまたお会いしましょう。へばの。

2024年9月11日

初出

東奥日報　新聞連載
2021年10月～2023年8月掲載分を再編集・加筆しました。

おまけのチョコレートコラムはWebメディア「APeCA」
2021年12月掲載分を再編集・加筆しました。

パティシエの
りんごスティック

いのち
りんご
カスタードケーキ

あおもりの味
ねぶた漬®
醤油漬
ヤマモト食品株式会社
〒039-3503 青森県青森市大字野内字浦島56-1

能町みね子

1979年、北海道生まれ、茨城県育ち。エッセイスト、イラストレーター。2021年7月に青森市内に居を構え、東京と青森の2拠点生活を始めた。

著書に、卒業旅行での青森旅のエピソードを収録したエッセー『逃北〜つかれたときは北へ逃げます』(文春文庫)、『私以外みんな不潔』(幻冬舎文庫)、『私みたいな者に飼われて猫は幸せなんだろうか?』(東京ニュース通信社)など。アンソロジー小説集『鉄道小説』(交通新聞社)には空想上の鉄路を張り巡らせた青森市が舞台の「青森トラム」が収録されている。

ショッピン・イン・アオモリ

2024年10月11日　第1刷

著　者　能町みね子

発行者　塩越　隆雄

発行所　東奥日報社
〒030-0180　青森市第二問屋町3丁目1番89号
電話　017-718-1145　企画出版部

印刷所　東奥印刷株式会社
〒030-0113　青森市第二問屋町3丁目1番77号

ISBN978-4-88561-278-7 C0095 ¥1800E